죽 음 의
자 서 전

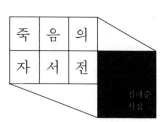

죽음의
자서전

김혜순
시집

죽음의
자서전

*

김혜순

•

김혜순

—

# 출근

하루

지하철 타고 가다가 너의 눈이 한 번 희번득하더니 그게 영원이다.

희번득의 영원한 확장.

네가 문밖으로 튕겨져 나왔나 보다. 네가 죽나 보다.

너는 죽으면서도 생각한다. 너는 죽으면서도 듣는다.

아이구 이 여자가 왜 이래? 지나간다. 사람들.
너는 쓰러진 쓰레기다. 쓰레기는 못 본 척하는 것.

지하철이 떠나자 늙은 남자가 다가온다.

남자가 너의 바지 속에 까만 손톱을 쓰윽 집어넣는다.

잠시 후 가방을 벗겨 간다.
중학생 둘이 다가온다. 주머니를 뒤진다.
발길질. 카메라 셔터를 누른다.
소년들의 휴대폰 안에 들어간 네 영정사진.

너는 죽은 사람들이 했던 것처럼 네 앞에 펼쳐지는
파노라마를 본다.
바깥으로 향하던 네 눈빛이 네 안의 광활을 향해 떠
난다.

죽음은 바깥으로부터 안으로 쳐들어가는 것. 안의 우
주가 더 넓다.
깊다. 잠시 후 너는 안에서 떠오른다.

그녀가 저기 누워 있다. 버려진 바지 같다.
네 왼발을 끼우면 네 오른발이 저 멀리 달아나는 바
지, 재봉질도 없는 옷,
지퍼도 없는 옷이 뒹굴고 있다. 출근길 지하도 구석에.

가련하다. 한때 저 여자를 뼈가 골수를 껴안듯 껴안았었는데
브래지어가 젖가슴을 껴안듯 껴안았었는데.


저 오가는 검은 머리털들이 꽉 껴안은 것. 단 한 벌.


저 여자의 몸에서 공룡이 한 마리 나오려 한다.
저 여자가 눈을 번쩍 뜬다. 그러나 이제 출구는 없다.


저 여자는 죽었다. 저녁의 태양처럼 꺼졌다.
이제 저 여자의 숟가락을 버려도 된다.
이제 저 여자의 그림자를 접어도 된다.
이제 저 여자의 신발을 벗겨도 된다.


너는 너로부터 달아난다. 그림자와 멀어진 새처럼.
너는 이제 저 여자와 살아가는 불행을 견디지 않기로
한다.


너는 이제 저 여자를 향한 노스탤지어 따위는 없어라
고 외쳐본다.

그래도 너는 저 여자의 생시의 눈빛을 희번득 한 번
해보다가

네 직장으로 향하던 길을 간다. 몸 없이 간다.

지각하기 전에 도착할 수 있을까? 살지 않을 생을 향
해 간다.

# 달력
### 이틀

흰 토끼는 죽어서 빨간 토끼가 된다.

죽어서도 피를 흘렸기 때문이다.

잠시 후 빨간 토끼는 검은 토끼가 된다.

죽어서도 썩었기 때문이다.

토끼는 죽었기 때문에 자유자재로 커지기도 하고 작아지기도 한다.

커질 땐 구름덩이 같고 작아질 땐 개미 같다.

너는 개미 토끼를 귓속에 넣어본다.

개미 토끼 한 마리 귓속의 너른 풀밭 다 먹어치우더니 먹구름보다 큰 새끼 두 마리 낳는다.

귀가 멍멍하다. 소리가 모두 멍멍하다. 귀가 죽어간다. 토끼가 죽어간다.

죽은 토끼는 가끔씩 피 묻은 생리대로 환생한다.

너는 팬티 속에서 죽은 토끼를 꺼낼 때가 있다.

죽은 토끼를 꺼내서 다달이 벽에 걸었다.

토끼 귀처럼 냄새나는 울음을 벽에 걸었다.

# 사진
## 사흘

네 인형은 안녕하세요?
네 인형은 건강하세요?


네가 인형의 귀에 대고, 비밀이야! 평생 입 다물어
네가 인형의 눈알을 뽑으며, 너도 좋았지? 그런 거지?
네가 인형의 머리를 자르며, 이 더러운 년아 죽어버려
네가 인형을 태우며, 전생은 잊은 거야, 그렇지?


네가 집을 나가면 남아 있는 것, 인형
네가 집을 나가면 살아나는 것, 인형
네가 집을 나가면 창문 열고 내다보는 것, 인형
네가 집을 나가면 외출하는 것, 인형
네가 집을 나가면 고아 행세 하는 것, 인형

남 앞에선 왠지 음식을 먹을 수 없다고 하는 것
죽지도 않는 것
텅 빈 것
눈동자에 네 귀신을 모신 것


저기 저 걸어가는 인형의 팔 없는 팔이 나왔다 들어
간다
다리 없는 다리가 나왔다 들어간다
마치 침대에 두 다리를 눕혀놓고 온 사람처럼


다리에서 종이 뭉치가 흩어진다


네 인형은 걷는다
네 인형은 말한다


몸속으로 눈동자를 떨어뜨리고
모가지가 돌아가도록 우는 저것


네가 죽으면 다시 살아 나올지도 모릅니다

그러나저러나 너는 이제 인형을 세울 수 없게 되었다

그러나저러나 너는 이제 인형을 걷게 할 수 없게 되
었다

그러나저러나 너는 이제 인형을 웃길 수 없게 되었다


너는 이제 인형과 줄이 끊어졌다


인형에게 : 너는 아직 저녁마다 침대에 눕히고 눈을
감겨줄 사람이 필요해.


네가 편지를 쓴다.

# 물에 기대요

## 나흘

너는 전신을 기울여 매달려요

감당 못 하겠어요 몸을 비틀어
물의 손가락을 붙잡고

물의 머리칼로 짠 외투를 입어요
꿇어앉아 얼굴을 덮어요

함께 비뚤어지기로 해요
안고 넘어지기로 해요

내가 뛰어내리면
네가 뛰어내릴 차례예요

낚싯줄을 던지면
바늘을 물고 올라오세요
다음엔 내가 해볼게요


애원해요


너보다 더 혼잣말하는 물에게


엉망으로 취하면 길어져서
비를 집에 바래다줘요


창문으로 들어오려는 물을


기대려는
너에게
더 기대오는
물을

# 백야

닷새

네가 답장할 수 없는 곳에서 편지가 오리라

네가 이미 거기 있다고
네가 이미 너를 떠났다고

네 모든 걸 알고 있는 구멍에게서 밝은 편지가 오리라

죽어서 모두 환하게 알게 된 사람의 뇌처럼 밝은 편지가 오리라
네 탄생 전의 날들처럼 어제도 없고 내일도 없는 넓고 넓은 편지가 오리라

빛으로 만든 마차의 방울소리 고즈넉이 울리고

빛으로 만든 바지를 입은 소녀의 까르르 웃음소리 밤
없는 세상을 두드리는

마지막 지하철이 지상으로 올라가고
플랫폼의 기차들이 일제히 불을 켠 채 말없이 너를
잊어주는

너는 발이 없어 못 가지만 네 아잇적 아이들은 이미
거기 가 있는
네 검은 글씨로 답장조차 할 수 없는 그 밝은 구멍에
게서 편지가 오리라

네 아이들이 네 앞에서 나이를 먹고
너 먼저 윤회하러 떠나버린 그곳에서

밝고 밝은 빛의 잉크로 찍어 쓴 편지가 오리라

이 세상에 태어나 한 번도 어둠을 맞아본 적 없는 그
곳에서
지금 막 태어난 아기가 첫 눈 뜨고 마주한 찬란한 첫 빛

커다랗고 커다란 편지가 오리라

# 간 다음에

### 엿새

간 다음에 가지 마 하지 마
온 다음에 오지 마 하지 마

떠날 땐 눈 감기고 손 모아주면서 가지 마 가지 마 울
더니
문 열어 문 열어 했더니 오지 마 오지 마 하잖아

대나무에 종이 인형 붙여 오지 마 오지 마 하잖아
불길에 옷 집어넣고 오지 마 오지 마 하잖아

그래서 너는 발이 없잖아
날개도 없는데

그런데 날기만 하잖아
내려앉지도 못하는데

감추어도 다 보이잖아
뇌도 없는데 다 알잖아

너무 춥잖아
몸도 없는데

그리하여 오늘 아침 침대 밑에 숨은 네 잠옷이
혼자서 가늘게 흐느끼고 있잖아

관이 물을 받고 있잖아
관에서 너는 이미 떠났잖아

달 베개엔 네 머리 자국
구름 이불엔 네 몸뚱어리 자국

그러니 간 다음에 가지 마 하지 마
그러니 온 다음에 오지 마 하지 마

# 티베트

이레

네게서 네 표정이 걷히는 밤
네게서 네 이름이 걷히는 밤

달아나는 네 이름을 향해
너는 달 보고 짖는 개처럼 컹컹 짖는다

너는 이제 펼쳐진 현재만 있는 들판을 간다

그리하여 이름 없는 지평선이라 불리는 이 피곤!

무게는 없는데 넓이는 광대무변이라 불리는 이 불안!

아무도 돌아보는 이 없는 수목한계선 위라 불리는 이

불행!

한 번도 표정을 지어본 적 없는 예티를 언뜻언뜻 만나는 설원이라 불리는 이 공포!

존재도 비존재도 없는 무한창공이라 불리는 이 슬픔!

(우주에 가득 찬 이 다섯 쌍둥이 자매들!)

컹

컹

컹

컹

컹

# 고아

여드레


주님은 말구유, 너는 사각형.


너는 죽음을 엄마라 부르며 자란다.
죽음 주스를 마시고, 죽음의 낱알을 헤아린다.


너는 사각형의 하인.
너는 사각형의 후레자식.
너는 사각형의 벨보이.


사각형 말 한 필이 너를 끌고 간다.


끝없이 몸이 네 모서리에 매여 있는 것.
눈 뜨면 늘 네 방향으로 달려가는 것.

주님은 사랑, 너는 이별.

너는 이별에서 태어나 이별로 죽는다.


(너는 이제 물수건으로 투명하게 얼굴이 닦였구나.)

(투명하게 두 손이 닦였구나.)

(영혼의 숨결은 육체에.) (육체의 숨결은 사각형에.)


벽걸이 텔레비전 화면엔 젖꼭지 여덟 개 어미 돼지가 아홉 번째 새끼의 뇌수를 먹어치우는 장면.


죽기 전부터 고아인 죽음이 탄생하는 장면.


너는 이제 사각형 원피스에 몸이 딱 맞는구나.

# 매일 매일 내일

아흐레


전화기를 들고서 여기에 있지 않아
이어폰을 꽂고서 여기에 있지 않아


죽은 소녀는 장난감 전화기를 들고
엄마 바꿔주세요 노래 불러줄게요


밥 먹으면서 이 식탁에 있지 않아
구더기들이 포식할 내 후손들의 복부에


지금은 안 되지만, 일요일 밤에는 괜찮아요
일요일 밤이 오면 토요일 아침에는 정말 괜찮을까요


여기에 있으면서 여기에 있지 않아

거기에 있으면서 거기에 있지 않아

얼굴에 문신을 새기면 어떨까요
문신을 새기면 여기에 있을까요

거기를 주세요
도착 후에 도착을

외로운 아이는 전화기도 없는 아이는
하늘만큼 먹구름만큼 커다란 죽은 소녀의 얼굴은

돛단배들이 옷 속을 간질일 때처럼
마이크에 대고 사랑을 고백할 때처럼

안개처럼 연기처럼 내일 거기를
여기는 아니에요 지금은 아니에요

햇살은 강물에 떠내려가는 쓰레기더미를 간질이고
네 몸에서 나와 도망가던 내일이 흘깃 너를 돌아보고

거기에 있지 않고 여기 있는 거기
엄마는 돈 벌어서 내일 와요 매일 매일 내일 와요


지하철 가득 전화기를 거울처럼 든 사람들의 얼굴은
아침에 증발한 이슬방울들처럼 이미 거기에


전화벨 소리 울리는 거기에
보슬비 오는 아스팔트 바닥을 펄떡거리는 열대어처
럼 혓바닥은 이미 거기에

# 동명이인
## 열흘


너는 언니다. 동생을 기른다

같이 아침 먹고 같이 잠자고 같이 웃는다

옷도 갈아 입혀주고 몸도 씻어준다

집에서는 늘 같이 지낸다

외출은 혼자 한다

그 같이를 뚫고 전화 한 통 온다

동생의 시신을 바다에서 찾았습니다만

너는 네 시신을 찾았대 동생에게 말해준다

그러고도 같이 산다 꿈도 대신 꿔주고 친구도 만들어
준다

동생의 시신을 확인하고 와서도

동생이 바다에 가라앉는 꿈을 꾼다

같이 밥 먹고 같이 잠자고 같이 텔레비전 본다

너는 동생과 같이 사는 것이 가장 편하다

해변에 서 있으면 무언가 검은 덩어리가 하늘에서 내
려온다

# 나비
열하루


네가 이미 죽은 사람이라는 걸 깨닫는 방법은 이와
같다


유리창에 대고 입김을 불어본다
왼쪽 가슴에 손을 얹어본다


탄생이란 항상 추락이고
죽음이란 항상 비상이라 하니
절벽에서 몸을 날려본다


매일 매일 너는 지면紙面을 향한 추락인가? 비상인가?
　한쪽 발로 선 나비가 다른 쪽 발에 빨간 잉크를 찍어
종이에 편지를 써본다

엄마 : 설마 너 태어나자마자 웃는 거야?
너 : 아니 웃을 수 있는가 보는 거야!


추락이 시작되면 비명의 비상도 시작한다
심연의 가장자리가 무한히 떠오른다
네 날개가 물 위에 퍼지는 파문처럼 일시에 지펴지고
너는 이제 너에게서 해방인가!


네 발에는 발자국이 없구나
네 기쁨에는 호흡이 없구나
네 편지에는 이름이 없구나


너는 눈물 속의 소금처럼만 하얗게
너는 바람 속의 하품처럼만 아 아 아 아


너는 사생활조차 없는 현기증인가?


너는 이제 너무 가벼워서 절대로 추락할 수 없는
오직 저 심연 맨 꼭대기 층의 파문에 이은 파문!

# 월식
### 열이틀

　까맣고 통통하고 너만큼 큰 새가 방문 앞에 있었다. 일어나서 잠옷을 벗고 검정 옷을 입었다. 연락이 올 것 같았다. 너는 말랐는데 까만 새는 통통했다. 언젠가 꿈 속인지 생시인지 창문 두드리는 소리를 들었다. 창문을 열었지만 아무도 없었다. 다만 바람에 흔들리는 그림자처럼 평생 땅바닥에 붙어살던 무언가 곧추서려고 하는 것을 보았다. 편의점 문을 열고 들어가는데 발을 잡아당겼다. 암흑 구덩이에서 올라오는 검은 트림처럼 손이 쑥 올라왔다. 아무도 모르는 곳, 가장 깊은 곳, 바닥의 바닥, 가자 가자 아는 목소리가 들렸다. 변기 물속에서, 거울 속에서 모르는 얼굴이 나타날까 두려웠다. 슬픔보다 공포가 먼저 오는가 생각했다. 전화만 걸고 오지 않을 거면 전화도 하지 말라고 소리쳤지만 전화기 속에서 듣는 사람의 기척이 있었다. 언젠가 월식이 있었는데 월식의 절정에 장롱 문이 활짝 열리더니 누군가 가자 가자 기어 나왔다. 놀라서 소리를 질렀더니 냉정한 기운이 안아주었다. 종일 영화관은 깨어졌는데 어쩐지 영화는 계속 상영되는 벌판에 서 있는 것만 같았는데, 아버님은 전화를 걸어서 나무 관을 쓰지 말고 석회 옹벽을 해달라고 말했다. 그래야 물도 못 들어오고 벌레도 못 들어와서 뽀송뽀송 좋아 말씀했다. 식탁 앞에 앉아 있었는데 영화 속에서 나온 사람처럼 왠지 몸이 느껴지지 않았다. 제법 요란하게 씹어 삼키는 소리를 낸 것 같기도 했지만 실감은 없었다. 뭘 좀 더 먹을까, 하고 돌아보자 빈 탁자에 아무것도 없었다.

상냥한 사체가 되고 싶습니까?
무서운 사체가 되고 싶습니까?

유령이 입 맞추는 비단이 되고 싶습니까?
유령이 걷어차는 포댓자루가 되고 싶습니까?

매일 매일은 죽음의 이브입니다

웅변가는 탁자를 탁 내리쳤다

# 돌치마

열사흘

## 1. 손가락 정원

너는 돌이야.
누구도 건드릴 수가 없어.
너는 돌 치마를 입고
폐허의 사원.
돌 침상에 누웠어.

불쌍한 네 정원.
엿 같은 네 정원.
네 열 손가락에서 뻗어나간 네 정원.
돌 냄새 요란한 네 정원.

소리칠 거야.
애원할 거야.
네 치마 다 깨지고 네 얼굴 다 깨지는 정원.

멀어서 무서운 달.
검은 하늘을 떠도는 무서운 섬.
가까이 다가오면 뺨 위로 자갈들 뚝 뚝 흘리는 달.

기억나? 옛날에 우리는 달을 길렀었는데.
침대 위로 냉큼 올라와 우리 사이를 파고들던 달.
우리가 그 달에 줄을 꿰어 손목에 걸고
산책을 나가면
하늘하늘 네 치마 노랗게 타올랐는데.

그러나 오늘 밤.
정원에 드러누운 깨진 얼굴 아픈 달.
만지면 손가락 뚝 뚝 흘리는 달.

엿 같은 정원에 혼자 깨지는 달.

## 2. 심장의 해변

네 심장이 강변의 자갈처럼 죽는다.

네 심장이 강변의 모래처럼 죽는다.

네 호흡이 그믐의 달처럼 멎는다.

네 뒤에서 네가 되지 못한 나날들이 울며불며 파도
친다.

# 둥우리

열나흘

눈썹 : 구더기 두 마리가 비를 긋고 가네요.

귀 : 고개를 살짝 돌리고 빨대를 꽂아 속의 것을 드세요.

미소 : 잠시 공중에 구취 한 모금,

(영원히 이곳에 떠 있어도 되나요?)

(지켜보고 있어도 되나요?)

눈동자 : 바다젤리 두 모금, 몹시 짜요.

발톱 : 씨앗 열 개를 정성스레 심어보았어요.

무릎 : 쌍둥이 신생아가 밖으로 얼굴을 내밀어요.

(이 세상에 단 하나 몸에서 쫓겨나다니)

(직립한 얼굴의 문을 열자

밤하늘의 비명이 폭포처럼 쏟아지네)

# 죽음의 축지법
### 열닷새

이럴 줄 알았으면 이까짓 젖가슴 저 고아에게나 줄
것을

이럴 줄 알았으면 이까짓 두 눈동자 저 물고기에게나
줄 것을

이럴 줄 알았으면 이까짓 머리통 저 장미에게나 줄
것을


방에서 턱턱 막히는 여자.

(여자의 머리칼이 창틀에서 휘날린다.)

(혓바닥이 열쇠 구멍에 낀다.)

(자궁이 불을 환하게 켠다.)


여자야 너는 죽었다

네 그림자에 물을 주면 무덤이 피어난다
부끄러움의, 죄의, 모욕의 무덤이

여자야 너는 죽었다
네 심장의 문을 열면 검은 곡식이 확 퍼진다
피곤의, 우울의, 공포의 피톨들이

여자야 너는 죽었다
이 인형아
이 노새야
이 코가 뀐 조랑말아

숨이 턱턱 막힌다, 입술이 벌어지자 수줍은 해골의 이빨들이 식당의 의자처럼 도열한다. 누런 살들이 딱딱해지자 수줍은 붉은 장미들이 푸른색으로 변한다. 저 여자의 장미에 마스크나 씌워라. 감옥의 문을 열자 쉰내나는 심장이 뻗어 있다. 저 여자의 심장에 기저귀나 채워라.

이럴 줄 알았으면 이까짓 심장을 꼭꼭 짜서 당신에게

한 잔! 드릴까요?


(너는 줄 것이 없으면서도 자꾸 주겠다는 사람처럼)

# 나체

열엿새

다시는 밤이 없겠고, 등불이나 햇빛이 쓸데없으리니

요한계시록 22장 5절

네 온몸을 네가 모르는 것까지 속속들이 알고 있는
맑음이 도착했다
　오르가슴에 빠진 눈동자 같은 맑음이 이불을 들치고
도착했다
　꿈과 같은 화학기호를 가진 너의 영혼의 거처에 꿈과
같은 화학기호를 가진 맑음이 도착했다
　저녁을 굶은 저녁의 맑음이 도착했다

네 등에 맑은 독수리와도 같은 무엇이

검은 목구멍에 맑은 발톱과도 같은 무엇이

스러지는 저녁의 가녀린 섬광과
떠오르는 아침의 가녀린 섬광이
어느 빛은 패이고 어느 빛은 솟아서 서로 껴안아지
듯이

네 목구멍에서 은빛 악어와도 같은 무엇이
네 얼굴에서 은빛 모기와도 같은 무엇이

일평생 잘 자고 눈떴더니 느닷없이 바다의 창문들이
모두 열린 것과도 같은 무엇이

세상의 모든 아침을 한 번에 다 보리라

강기슭으로 들어선 연어처럼 몸의 화학 성분들이 바
뀌리라

너는 이제 죽었으니
너는 이제 신발을 벗어라

　너는 이제 벗었으니 그림자가 없다
　빛 떨기 가운데서 한 목소리가 들렸다


　눈 감아도 볼 수 있고, 눈 뜨면 더욱 맑게, 안을 수도,
때릴 수도 없는. 피를 맑게 하는, 말갛게 씻은 얼굴, 마음
과 마음을 맞대는, 태초부터 네 속에 숨어 살던 그 맑은.
벌꿀 속에 정액 속에 든 것 같은 두 손 끈적거리는 미래
의 흰 그림자. 앞으로도 영원히 보지 못할 맑음이 끈적
끈적 도착했다.


　(네게서 버려져서
　　네게서 벗겨졌다)

# 묘혈

열이레

둥그런 배를 안고 여자가 모로 누워 있다

숨길 수 없는 우물이
핏속을 돌다 어느 날 터졌다
터진 수맥을 품고
그 여자가 하루 종일 웃었다
평생의 모든 순간들이 너무 우스워
죽은 여자는 웃다가 울었다

두레박이 달린 탯줄에
햇빛이 실려 내려갔다가

눈물이 한 동이 올라왔다

고층 빌딩을 닦는 사람처럼
너는 네 몸 밖의 유리창에
매달려 눈물을 닦았다

너는 저 세상에서 왔건만
지금 너는 저 세상을 임신 중이다

분만대에서 태어나는 중인 신생아처럼
제 무덤 속에 목을 집어넣은 여자가
휴대폰의 제 사진을 들여다보는 시간

묘지의 초록색 모자마다 웃는 얼굴들이 들어 있다

# 검은 망사 장갑
### 열여드레

깜깜한 밤중에 벌판 한가운데서 불길이 치솟는다

불타는 집이 붉은 물로 빚은 한 송이 장미 같다

밤바다 한가운데 환한 배 한 척 같다

하늘로 떠오르는 불타는 상여 같다

그러나 환한 저 꽃 한 송이 속에는

여자를 죽이고 죽으려는 남자가 타오르고 있다

아침에 일어나 보니 불 꺼진 집은 더러운 걸레 뭉치 같다

너를 내리칠 때 피 묻은 망치에 달라붙던 머리칼 뭉치 같다

남자의 두 눈썹 아래서 떨던 더러운 블랙홀 같다

블랙홀에 붙어 살랑거리던 개털 같다

더러운 재가 입술에 달라붙는다

# 겨울의 미소

열아흐레

춥다, 따뜻한 몸에서 나왔으니
밝다, 어두운 몸에서 나왔으니
외롭다, 그림자를 잃었으니

차갑다, 화분 갈 때 꺼내놓은 흙처럼
환하다, 얼음장 밑에서 물고기가 쳐다보는 햇살처럼
뜨겁다, 얼어붙은 무쇠 문고리에 입술이 닿은 듯
다시 춥다, 알뿌리 같은 심장이 반쯤 얼었다

또 춥다, 영에서 영을 나눈 듯
　　　유리에서 유리를 나눈 듯

그래도

괜찮다 괜찮다
이미 죽었으니


네가 너를 벗은 자리에 몸에서 붉은색을 다 뺀 것 같
은 추위가 왔다

# 그 섬에 가고 싶다
## 스무날

너는 한밤중 섬으로 떠난다.

작은 가방을 끌고 여객선에 오른다.

자정이고 심심하다. 잠이 안 온다.

갑판에 나가본다. 광대한 하늘과 바다는 까만 거울이다. 출렁인다.

까만 거울 속에 잠든 물고기들을 생각해본다.

그림자조차 남기지 않는 광대한 거울의 포식을 생각해본다.

너는 만약 내일 아침부터 해가 뜨지 않는 나날이 계속된다면 하고 가정해본다.

그러면 우리는 하루 24시간 이 까만 거울 속에 있고, 그 누가 이 거울물을 찍어 우리의 얘기를 쓰게 될까.

글을 쓸 잉크가 왜 이리 많을까.

불길한 생각을 털어버리려 너는 매점에 간다.

까만 물 위에 뜬 배가 슬피 우는 소리를 들은 것 같다.

자정 넘어 전화 한 통을 받는다.

네가 없어 허전하다는 전화다.

이 전화가 천 번째다.

그러나 매번 저쪽의 허전함이 네게로 전해져온다.

너는 복도에 나가 전화기에 대고 이 나라에서 태어나 나이를 많이 먹은 노래를 한 곡 부른다.

예약 전송해둔다.

허전한 사람이 내일 아침에 눈뜨자마자 들으라고.

그러다 거울물 속에 들 듯 설핏 잠이 든다.

잠든 몸들이 내는 소리를 들으면서.

천 번째 같은 자리, 같은 자세, 같은 몸들, 같은 냄새, 같은 방.

거울물 속으로 허전한 사람이 들어온다. 흐느끼며 어루만지며 너의 이름을 부르는 것 같다.

등대의 불이 어두워지고 잠이 깬다.

아침을 먹으라는 방송이 들렸기 때문이다.

이 방송이 너의 모닝콜이다.

같은 메뉴. 같은 식탁, 같은 깍두기. 같은 맛, 같은 소음, 같은 기분.

　창문을 내다본다. 쾌청한 바다다. 하늘이다. 다행이다.

　이제 곧 도착이다.

　해가 높이 떠오르고 물결은 잔잔하다. 이제 얼굴을
씻고, 풀어놓은 짐을 다시 싸면 하선이다.

　그리고 암전.

　천 일째 너는 그 섬에 닿지 못한다.

　너는 아직 그 섬에 도착할 수 없다.

　이제 하선이 얼마 남지 않았다고 생각하는 찰나

　너는 다시 한밤중 작은 가방을 끌고 여객선에 오른다.

　출항하는 배의 고동이 너를 설레게 한다.

　다시 자정이고 심심하다. 잠이 안 온다.

　갑판에 나가본다.

　광대한 하늘과 바다는 까만 거울이다.

# 냄새
### 스무하루

메뚜기들과 잠자리들과 모기들과 풍뎅이들이 자취를 감추네

하늘이 슬금슬금 높이 달아나네

언덕들이 낮은 포복으로 달아나네

개구리들이 무덤 속으로 달아나네

전화벨이 울리네

전화보다 흑암을 먼저 받네

수화기에서 어둠이 흐느끼는 소리

달아나는 바람 소리

장대비

떨리는 목소리

샤워기에서 밤이 나오네

떨어지는 밤에 손을 갖다 대자
썩은 새들의 검은 피

죽지 않고서는 견딜 수 없는 이 냄새의 치세
죽지 않고서는 견딜 수 없는 이 광경의 질병

죽은 사람이 책상에 앉아 종이를 구기네

북극 사람들이 추운 겨울밤
곰의 가죽에 싸서 땅속에 묻었던 새들을 뜯어 먹네
제 머리통처럼 냄새나는 붉은 새들을

# 서울, 사자의 서
### 스무이틀

너는 들어라 눈 덮인 북산의 음성을 들어라
네 몸속의 촛불은 꺼졌다

떠나라!
링거액에서 이별의 첫 방울이 너를 찌르는 순간
네 감각으로 만들어 네 몸을 덮었던 저 하늘이 걷혔다
하늘의 아킬레스건이 끊어졌다

네 몸뚱어리는 이제 잠 위에 뜬 안개다
네 얼굴은 네 몸 위에 뜬 구름이다
네 생각은 석쇠 위에서 구워지는 고기의 연기다
네 고통은 일인분의 숨이 네게서 달아나는 비명이다

너는 들어라 똑똑히 들어라 눈 덮인 험산준령의 음성
을 들어라

돌아보지 마라, 뒤돌아보면 악몽 속으로 떨어지는 돌
이 되리니

울지 말아라 눈물을 흘리면 코마에 빠진 시민의

욕창으로 다시 태어나리니

머나먼 고막에서 울리는 내 말을 똑똑히 들어라

아무도 너를 그리워하지 않으니

맘껏 날아가라

빛이 오면 빛에게 눈을 주어라

바람 오면 바람에게 귀를 주어라


다 주고도 네가 남았거든 내 말을 들어라


긴 머리칼에 묶인 리본처럼

네 집이 펄럭인다 어서 떠나라


네 몸에 다른 이의 촛불이 켜지기 전에

# 공기의 부족
## 스무사흘

네가 그만 너를 놓치자
너는 실오라기보다 작아졌다
너무 작아져서 아무도 너를 보지 못했다
심지어 다른 이의 목덜미에 찰싹 달라붙어도
알아채지 못했다

네가 그만 너를 놓치자
너는 저 하늘만큼 커졌다
너무 커져서 너도 너를 알아보지 못했다
심지어 구름처럼 내려도
물방울마다 눈동자를 매달아도
알아채지 못했다

고향 멀리 떠나와 몸 없이 사는 광경!
희미한 부사 하나 되어 생후를 떠도는 광경!

누구니? 누구니? 숨이 턱 턱 막히는 안개 같은 살 내
리고
실오라기 같은 절간 한 채 바람에 떠돌고 있었다
잡으려 했지만 네 손이 너무 커서 오므려지지 않았다

비를 몰고 오는 태풍의 눈 한가운데
절간의 등불 하나 희미하게
나부꼈다

# 부검

스무나흘

언니가 운다 오빠가 운다

순서대로 가야 하는데 왜 네가 먼저 가니?


네 방에는 소주 2병 수면제 1통

목구멍이 아파서 수면제를 삼킬 수가 없어요*

그래서 잠을 못 자요

술만 먹으면 엄말 때려요 언니를 때려요 오빠를 때

려요

수면제를 먹어도

아파 아파 아파

복수 복수 복수

잠속에서도 눈알이 돌아가요

이불 속에는 푸른 옷을 입고 착검한 총을 든 군인들
의 행렬
음부 속에는 핏발 선 눈알들이 굴러다니고
부러진 팔의 깁스 속에는 군인의 고함들이 살아요

그렇게 때렸는데
그렇게 찔렀는데

저들이 우네요 엄마가 우네요 언니가 우네요 동생이
우네요 자식이 우네요

꿈을 깨서 침대를 나섰는데
갑자기 안방에서 들려오는 엄마 언니 동생의 통곡
소리

죽었다네요, 내가

*조용범, 「5·18 민주화운동 피해자에 대한 심리학적 부검 및 자살
피해 예방 대책과 사회적 지원 방안에 대한 연구」

# 나날
## 스무닷새

어디로 가니?
이 벌거벗은 천사야
나날의 나날들아
파리만도 못한 날개를 달고서

파리의 연푸른 날개는
우리 집 똥통에서 와서
똥통으로 간단다

어디로 가니?
이 냄새나는 천사야
날개 빼앗긴 환영아
네 손가락에서 나는 더러운 냄새

혼자 사는 늙은이에게서 나는 냄새
아침이면 네 눈동자 속에선 더러운 꽃이 핀다!
검은 눈동자를 뚫고
징그러운 암술 수술이 돋아 나온다!


저녁이면 구급차 속에서
사망 사망 사망
네가 가는 길이 다 보이지만
내가 모르는 것 하나
너 어디로 가니?
식은 욕조 물속에 떠도는 털보다 못한 날개를 겨드랑
이에 달고서
어디로 가니?


내 겨울날들이 내 봄날들이
너를 서랍에 넣느라 다 지나갔는데
네 몸뚱이의 서랍을 몽땅 열고서
너는 정말 어디로 가니?
한 발자국 두 발자국 분홍빛 핏물을 디디더니
이제 겨우 칼 밑으로 들어가니?

이 세상에는 육하원칙 정육면체 직육면체
안방 건넌방 목관 스테인레스관 황금관

더러운 나날들아
매시간 매질의 시간
빛으로 칠해놓은 세상을
네가 다시 검게 칠하느라 다 지나갔다!
그런데 너 어디로 가니?
등에다 빨간 차압 딱지를 붙이고서

벌거벗은 천사야
이 못된 유령아

이 그리운 배신자야!

실명한 새는 하늘에 부딪혀 죽는다!

# 죽음의 엄마
### 스무엿새

엄마는 모르지만 너는 다 알아.

엄마의 가슴 한구석 까맣고 작은 점 하나가 고개를 들기 시작하는 것.

그것이 노래가 되는 것. 멋진 독창이 죽음을 애타게 찾아 헤매는 것.

깊어가는 가을밤처럼 청아한 노래.

죽은 사람들의 끝없는 환영 인사. 내면이란 다 그런 것.

흐르는 노래 위를 침을 뱉으며 날아가는 새 한 마리.

엄마의 홍채가 땅속에서 부화하고 거기서 태어난 홍채들이 땅속의 별처럼 떠다니는 것.

넌 다 알아. 넌 엄마의 죽음이니까.

엄마는 모르지만 넌 다 알아.

엄마의 머리칼 위에 집을 지은 까마귀 한 마리.

바늘 없는 괘종시계처럼 서 있는 엄마의 몸 안에서 째깍째깍 영원히 다음 생을 기다리는

물구나무선 아기들. 엄마의 고막을 먹으려고 기다리는

귓속의 검은 염소들. 엄마의 발등 위에서 푸드덕거리는 죽은 새 두 마리의

날갯죽지, 그 썩은 냄새. 넌 다 알아. 엄마의 몸속에서 쫓겨나온

넌 다 알아. 따뜻한 몸에서 확 뽑혀 북극으로 쫓겨 가는 철새의

헐벗은 두 발처럼 시린 알몸의 검은 하늘, 날아봤자 무덤 속인 그곳,

넌 다 알아. 너는 죽음의 엄마니까.

# 아 에 이 오 우
## 스무이레

외할머니는 설거지를 하고 미친 너는 아침을 먹었다

아침을 먹다 말고 여전히 미쳐서 설탕 단지를 마루로 내던졌다

마루에 찐득거리는 별가루처럼 쏟아진 흰 설탕

그때 부엌에서 들려오는 이상하고 조그마한 소리

미친 너는 그 소리를 듣자마자 외할머니가 느닷없이 죽은 것을 알았다

이상하게도 알았다 그 순간 네게서 '미친'이 떨어진 것도 알았다

새끼 노루의 까만 똥처럼 '미친'이 뭉쳐져 굴러가는 것을 보았다

외할머니를 설탕가루들 위에 옮겨 눕혔다

119에 전화를 걸다 말고 바라본 마루 위의 네 발가락

자국

　눈 내린 것처럼 쌓인 하얀 설탕 위 네다섯 개의 발가
락 동그라미들

　눈 위에서 총 맞아 죽은 외할머니 노루와
　그 주위를 맴도는 새끼 노루 한 마리를 둘러싼
　발가락 자국들, 아 에 이 오 우 다섯 모음으로 발음되는

# 이미

## 스무여드레

너는 이미 죽음 속에서 태어났습니다

(에코 49번)

# 저녁메뉴

스무아흐레

엄마의 쌀독엔 쌀이 없고
엄마의 지갑엔 돈이 없고
엄마의 부엌엔 불이 없고

오늘 엄마의 요리는 머리지짐
어제 엄마의 요리는 허벅지찜
내일 엄마의 요리는 손가락탕수

부엌에선 도마에 부딪치는 칼
부엌에선 국물이 우려지는 뼈
부엌에선 기름에 튀겨지는 허벅지

엄마의 쌀독엔 엄마

엄마의 지갑엔 엄마
엄마의 부엌엔 엄마
엄마의 칼 밑엔 엄마

네 엄마는 네 아잇적 그 강기슭
네 엄마는 네 아잇적 그 오솔길

강기슭 지나 그 오솔길 너 혼자 멀어져 가노라면

우리 딸이 왔구나 힘없는 목소리
어서 들어오너라 방문 열리면
텅 빈 아궁이 싸늘한 냉기

네 엄마의 부엌엔
배고픈 너의 푹 꺼진 배
녹슨 프라이팬처럼
검은 벽에 매달려 있는데

너는 오늘 밤 그 프라이팬에
엄마의 두 손을 튀길 거네

# 선물
서른날

네가 너에게 낳아드릴 것은 그것뿐, 너의 죽음
맛있게 잘 키워서 포동포동하게 낳아드려야지

네가 너에게 돌려드릴 것은 그것뿐, 너의 죽음
평생 동안 엄마 젖처럼 받아먹은 것, 젖 떼고 돌려드
려야 할 것

네가 너에게 바칠 것은 그것뿐, 너의 죽음
상하지 않게 보존했다가 싱싱할 때 드려야지

네가 너에게 벗어드릴 것은 그것뿐, 너의 죽음
네 몸을 찢으면 이윽고 푸드덕거리는 네 깜깜한 첫
날개

그렇지만 너는 네 죽음과 헤어지기 제일 힘들지

네가 너에게 결국 돌려드려야 할 것, 너의 죽음

# 딸꾹질
서른하루

네 몸에 살던 의붓딸 침묵이 나직하게 노래를 부르기
시작한다.


말 더듬는 자가 노래할 땐 더듬지 않는 것처럼
노래에서 느닷없이 자음만 추출한 것처럼
한 번의 딸꾹질이 끝나면 또 한 번의 딸꾹질이 연이
어 일어나듯이
쓰러진 현기증이 살고 있는 몸 아래 깊숙이
계단을 내려가자고.


손잡이를 딸깍딸깍.


새엄마는 죽었다. 이제 죽었다.

　　의붓딸이 땅속에 엎드려 노래를 부른다. 자그맣게 부른다.


　　일평생 지하에 가뒀던
　　의붓딸 침묵이 너를 당긴다.
　　일평생 너의 가랑이 깊숙이 감췄던 침묵이
　　숨이 끊기자 비로소 보이는 어떤 세상이
　　바닥으로 너를 끌어당기며 땅속으로 와보라며 지하
수처럼 경련한다.
　　진동하며 파고든다.


　　새엄마는 죽었다.
　　전 남편에게 나를 보낸 새엄마는 죽었다.
　　제 애인에게 나를 보낸 새엄마는 죽었다.


　　누구도 불러본 적 없는 가장 낮은음자리.


　　불빛 아래서 손바닥을 펴 보라.
　　너를 바라보는 자갈 같은 눈동자.
　　세상보다 더 무거운 자갈 두 개.

너를 가라앉힐 검은 자갈에 물줄기가 덮친다.

그다음 네 차례 네가 노래할 차례.
(내가 너를 어떻게 길렀는데.)
(어떻게 너를 숨겼는데.)

새엄마는 죽었다. 이제 죽었다.
눈부신 미친년의 맑은 침묵이
집을 들어 올린다.
집을 팽개친다.
지하수가 땅 위로 솟구쳐 오른다.

딸꾹질이 잦아들면 지평선이 지퍼를 올린다.

# 거짓말
서른이틀

　버튼을 누르면 겨울이라고. 아무도 살림 못 차리는 겨울이라고. 얼마나 조용하겠냐고. 얼마나 깨끗하겠냐고. 하늘에서 내려다보면 부서진 유리창들이 보석들처럼 빛날 거라고. 바퀴 없는 버스들이 정류장에 가득 서 있는 걸 상상해보라고. 별이 죽고 달이 죽는다고. 흰 눈 위에 쓰러진 흰 닭들. 무너진 닭장들. 아침이 와도 아무도 잠에서 깨지 않는 도시를 상상해보라고. 버튼만 누르면 된다고, 바늘로 수틀을 찌르는 것보다 쉽다고. 잠깐 비명을 지를 새도 없다고. 이제 버스표는 버려도 좋다고. 그 낡은 쎅은 매지 않아도 된다고, 더 이상 이별은 없다고. 이별과 이별한다고. 흰 재만 솟구친다고. 버튼만 누르면 쓰러진 사람 위에 쓰러진 나무, 쓰러진 눈물 위에 쓰러진 바람, 쓰러진 빌딩 위에 쓰러진 물이 넘친다고. 버튼만 누르면 죽은 사람의 입김처럼 너의 그 더러운 비밀은 영원히 묻힌다고. 공평하다고. 그때 가서 웃지나 말라고. 고독한 이의 고독은 이제 사라진다고. 그러니 고독한 이만이 버튼을 누르는 거라고. 이 세상에서 제일 고독한 이만, 그 얼마나 다행이냐고 그러니 어서 그 버튼을 누르라고. 말했다.

죽음은 이 세상의 유일한 거짓말!

까마귀 깃털은 분홍! 강물도 분홍!

# 포르말린 강가에서

### 서른사흘

시험관에 담긴 뇌는 아직 살아 있다.
시를 쓰고 있나 보다.
흐릿한 이미지에 풍덩 하고 있다.
외갓집 문을 바람처럼 열고 있다.
죽은 외할머니의 품속에 뛰어들려는 찰나.

없는 눈이 번쩍 떠지자.
사라진 몸의 어딘가가 환생한
검정 작대기가 대갈통을 후려친다.

시험관에 담긴 뇌는 아프다.

너는 네 밖에 있는 사람.

밖이 아픈 사람.


사라진 발가락들이 아프다.
흩어진 방들이 아프다. 심장이 아프다.


시험관에 담긴 뇌가 열 손가락으로 온몸을 긁고 있다.
피맺히게 긁고 있다.


시험관에 담긴 뇌는 떠난다.
지하철을 타고 버스를 타고 택시를 타고
시험관을 떠난다.
연쇄살인범의 비닐봉지에 담긴 머리처럼
흔들흔들 떠난다.


말하고 싶은데 다 말하고 싶은데
입은 다물리고
손은 떨리고
신발은 어디 갔나.


시험관 안으로 검푸른 밤의 뿌리가 내려온다.

실험실의 사람들마저 떠나고
시험관의 뇌는 중얼거린다.
내 안의 희디흰 괴물
푸른 잠옷을 입었네.

너는 물처럼 투명해
감촉도 부드러워
그렇지만 독사의 푸른 침처럼 치명적이야.

시험관의 뇌는 방관자의 뇌 살아남은 자의 뇌.

시험관에 담긴 뇌는 늘 머리를 벽에 짓찧으며 울고
싶다.
포르말린 강에 담긴 뇌가 이리저리 흔들린다.

이 시같이 막연한 곳
이 시같이 애매한 곳
이 시같이 소독된 곳

시험관의 뇌는 포르말린 모자를 쓰고 골똘히 생각해

본다.

밖은 왜 늘 아픈가.

없는 두 발은 왜 아픈가.
두 발바닥을 받친 강바닥은 왜 무너지는가.

온몸에 불을 붙인 사람이 다리 난간에 서 있다.

시험관에 담긴 뇌가 소리친다.
시험관에 담긴 뇌가 미친다.

어떻게 하면 되냐고.

어떻게 하면 잊냐고.

# 우글우글 죽음

서른나흘

네위에

네아래

네곁에

네밑에

네옆에

네너머

네뒤에

네안에

누가 밤을 면도날로 긁고 있다고 말해야 하나

면도날 긁힌 자리마다 밤이 잠깐씩 환해진다고 말해

야 하나

  네가 울고 있다고 말해야 하나
  네가 칭얼거리는 어린 죽음들에게 젖을 물린다고 말
해야 하나

  통 잠을 잘 수 없다고 말해야 하나
  우리는 지금 마악 만난 사이라고 말해야 하나

  벽에 머리를 쿵쿵 박고 있다고
  비명이 수정처럼 차오른다고
  벌써 목구멍까지 투명하고 딱딱한 수정이 올라왔다
고 말해야 하나

# 하관
### 서른닷새

　가는 빗줄기 살랑 묶어 촉촉한 리본 만들어 네 젖꼭지에 꽂아주는 바람이 왔네

　하늘하늘 홈통을 흘러내리는 간지러운 노란오줌 노란구름이 왔네

　네 속에서 꺼낸 여자아이 하나 처마 밑에서 울고 있네

　어려서 죽어서 너보다 어린언니가 아랫배를 꼬집는 가냘픈 손톱

　초록손톱 똑똑 분질러버리는 귀신아, 나보다 한 발짝 먼저 온 봄아

나랑놀아 나랑놀아 가늘어서 배배 꼬이는 새끼손가락들아

글썽거리는 눈동자를 뚫고 솟아나는 뾰족한 새싹들아

보일락 말락 벗겨져서 공중에 날아다니는 언니의 속옷냄새

그 속옷 네 콧구멍에 내려앉으면 썩은무덤 팬티냄새

갈비뼈 우린 거친 국물 오르내리는 몸속 그 뼈가 너를 싣고 다니는 관이네

누가 너를 하관하네 저 깊은 구덩이 아지랑이 노고지리 누가 너를 하관하네

검은살빛 저 나무가 어린언니의 치마를 걷어 올리다 말고 술 한 모금 꿀꺽 들이켜는 소리

아직 안 떠나고 뭐하니 아침마다 철썩 네 뺨을 갈기

며 물어보는 저 하늘 저 시퍼런핏줄

　가느다란 손가락 미처 태어나기 전 소복 입은 분홍뺨
터뜨리는 저 매화바람

　파랗게 솟아오른 보리밭 위로 구불구불 지나가는 검
은캐딜락 장의차의 바퀴자국

　아랫배부터 상여꽃 올리는 저 산이 기지개를 켜네 하
품을 하네

　입가에 피 묻은 새처럼 우짖는 저 꽃들 피 묻은 이빨
퉤퉤 뱉네 자꾸만 뱉네

# 아님
서른엿새

산을 내려온

아님과 함께 산다는 것

너를 만든 사람과 같이 잔다는 것

너를 먹여서 키워준답시고

자기가 만든 세상을 벌거벗겨놓은

사람과 한 상에서 밥을 먹는다는 것

설거지하는 엄마의 등짝을 내리치고

엄마의 뇌 지도를 구기며 문밖의 세상을

비밀로 잠궈놓고 열쇠를 버린 그와 함께 산다는 것

밥값 하라고 소리치는

아님과 함께 잠든다는 것


너는 나 혼자 태어났어

당신하고는 상관없어

늘 속으로 외쳐보지만

동생은 그 앞에서 밥도 못 먹었어

토하고 울면서 음악의 물결만 생각했어

그 물결 자락들로 몸을 감싸고

실어증에 걸려서 꺼이꺼이

고슴도치처럼 침대를 뛰어다녔어


아님께서 아님을 아니하시고 아님에 아니하고 아니
하시니 아님이 아니하온지라

아님을 아니하고 아니하여 아니하대

아님이 아닌 아님은 아님이 아니나니 아님이 아님의
아님이요

아닌 아님은 아님이 아니나니 아님이 아님을 아니할
아님이요

아닌 아님은 아님이 아니나니 아님이 아님을 아님으
로 아닐 아님이요

아님에 아님하고 아님 아닌 아님은 아님이 아니나니
아님이 아닐 아님이요

아니하게 아니한 아님은 아님이 아니나니 아님이 아

니하게 아님을 아니할 아니함이요

아님이 아니한 아님은 아님이 아니나니 아님이 아님을 아니할 아님이요

아니하게 아니하는 아님은 아님이 아니니 아님이 아님의 아님이라 아님을 아니할 아님이요

아님을 아니하여 아님을 아니한 아님은 아님이 아니나니 아님이 아님의 아님이라

아님을 아니하여 아님을 아니하고 아니하니 아님으로 아님을 아니하여 아니고 아닌 아님을 아니할 아님에는 아님에게 아님이 아니하나니

아니하고 아니하라 아님에서 아님의 아님이 아님이라 아닌 아님에 아니하던 아님을 아님같이 아니하였느니라


아님과 함께 산다는 것

아들의 이름으로 기도를 마쳐야 한다는

법을 만든 그와 함께 산다는 것

악어 같은 눈초리로

오히려 뱀 같은 친구를 조심하라고

따귀를 갈기는 아님과 함께 평생 산다는 것

네게 늘 벗으면

부끄럽지 않니 하고

묻는 벌거벗은 빛과 함께 산다는 것

# 자장가
### 서른이레

아이의 엄마가 죽은 아이를 안고 얼렀다.

자장가를 불렀다.

자장가의 내용은 이랬다.

자장자장 우리 아가 얼른 죽어 편해지자 더 이상 울지 말자.

아이의 엄마는 방 한가운데를 파고 아이를 묻었다.

천장에도 묻었다. 벽에도 묻었다. 눈동자에도 묻었다.

엄마의 이름은 아무도 몰랐지만 아이의 이름은 알
았다.

# 뻐꾸기 둥지 위로 날아든 까마귀

서른여드레

하늘에계신 너의아버지. 얼어죽을아버님. 이아이를
달라고하네요. 하늘깊은곳에숨었던 눈송이가한송이두
송이몰래 내려오는밤미라가스스로몸에 감긴붕대를다
풀어놓듯 붕대를다풀면누구나 벌거벗은아이하나. 이아
이의 피를기둥에칠하나요. 집이울어요. 집이떨어요. 하
늘에계신 너의아버지. 얼어죽을아버님. 이아이. 이아이.
(나는 쓴다. 유괴범처럼 쓴다. 이 아이 이 아이)

# 고드름 안경

서른아흐레

죽음이 너에게 준 것
네 얼굴이 샌다.
네 얼굴이 흘러내린다.

네 얼굴은 코 무덤
네 얼굴은 귀 무덤
네 얼굴은 네 얼굴 무덤
대책 없이 얼굴이 또 흘러내린다.

네 얼굴에선 영하零下가 자라다가 죽는다.
(너는 태어난 순간부터 바닥 밑이었다.)

두 눈에 들러붙는 공기는 칼끝처럼 싸늘하고

가슴에 들러붙는 바람은 뜨거운 손바닥처럼 쨍하다.


보고 싶다고 외치고 싶지만
바닥 밑에는 또 바닥이 있다.


독창을 하고 싶어도 너는 합창단원이다.
네 목소리를 구별해 들을 귀가 이 세상에는 없다.


유령들의 지병인 이 상사相思!
첫새벽처럼 날마다 밝아오는 이 상사!


너는 바닥에 눈알을 매달고 애걸한다.
들여보내 달라고.
내 얼굴에 네 얼굴을 겹치겠다고.
내 혀가 네 혀라고.
네가 내 눈물을 흘린다고.


물이 줄줄 샌다.
환각을 본다.
미친다.

# 이렇게 아픈 환각

마흔날

너는 들어라 내 말을 똑똑히 들어라
이제 너는 네 안경 안의 세계를 볼 수 있게 될 것이니

네 안의 물이 하는 말을 알아듣게 될 것이니
네 안의 불이 하는 말을 알아듣게 될 것이니

눈이 세 개 달린 너를 보게 될 것이니
너의 분노를 타인처럼 보게 될 것이니
눈이 네 개 달린 너를 보게 될 것이니
너의 불안을 타인처럼 보게 될 것이니
머리가 여덟 개 달린 너를 보게 될 것이니
너의 공포를 타인처럼 보게 될 것이니

너는 네 안의 개들을 보게 될 것이니
너는 네 안의 돼지들을 보게 될 것이니


너는 삼각형이 된 너를 보게 될 것이니
너는 사각형이 된 너를 보게 될 것이니


네 목소리들이 증발하지 않고 모여 사는 연속 무늬를
지나게 될 것이니


너는 들어라 무서워 말고 들어라
인플루엔자처럼 네가 창궐하는 밤이니
잠의 우물 밑바닥에 소복이 너를 낳는 밤이니
네 구멍에서 백 번째 백한 번째 네가 피어나는 밤이니
죽음이 고프다고 반복반복반복 헐떡거리는 밤이니
네 몸의 구멍들이 이사 보따리를 싸는 밤이니


평생 동안 네게서 죽은 네가 모두 깨어나는 밤이니
잠의 우물 밑바닥에서 달팽이들이 날개 떨어진 박쥐
들이
얼굴 없어 뇌 없는 몸들이 미끈미끈 깨어나는 밤이니

　어제 죽은 너와 그저께 죽은 네가 줄넘기를 하는 밤
이니

　한번 뛰어오를 때마다 바닥으로 떨어지는 죽은 기린
죽은 용 죽은 암탉


　너는 보아라 무서워 말고 똑똑히 보아라

# 푸른 터럭

## 마흔 하루

스물여덟 요기들이 그대의 뇌 속에서 나와 그대를
맞이할 것이다. 그들은 다양한 짐승의 머리를 하고
여러 도구를 들었다.

티베트 '사자의 서'

1

이 세상은 나의 죽음이라 왼쪽 손목과 오른쪽 손목을
맞붙이고 눕는다
　누우면 떠오른다 뒤통수를 하늘로 향한 채

　네 척추가 펜처럼 가늘어진다
　엎드린 펜처럼 가는 몸에 모포를 덮는다

너는 네 그림자가 지면紙面을 향해 내리꽂히는 닭의
형상인 것을 본다

척추는 펜이고 그림자는 닭인데 영혼은 왜 사람인
가?

시인은 숨이 멎을 때 더러운 종이를 본다는 게 사실
인가?

2

하늘에 닿을 듯 크고 푸른 닭이 울고 있었는데

집에 돌아와 보니 머리맡에 푸른 종이뭉치가 구겨져
있지 않더냐


대륙을 집어삼킬 듯 포효하는 호랑이가 덤볐는데

방문 앞에 어미 잃은 줄무늬 나방이 울고 있지 않더냐


가청권 밖으로 날아올라 회오리처럼 하늘을 때렸는데

문 앞에 풍뎅이가 돌고 있지 않더냐

3

네가 누운 무덤 속의 천장은 수은거울이지 않더냐

일어나 앉지도 못하게 낮지 않더냐
거기 입김이 서리지 않더냐
탐스러운 가슴이 천장에 눌리지 않더냐

4
네 두개골 속의 유령이 주전자처럼 물을 흘리고 있
구나
측두엽이 활성화되고 네 눈썹이 푸른 닭의 눈썹처럼
떨리는구나

한 목소리가 전기처럼 네 머리칼을 지진다
한 목소리가 몽둥이처럼 네 생각을 때린다

그 목소리는 사람이 아닌 기이한 것
네 양쪽 귀에 올라앉아 꼬꼬댁거리는 것
네 피부 속을 날아다니는 것
고체도 액체도 기체도 아닌 것
네가 열고 닫을 수 없는 야만의 것

(너는 아직도 엄마의 몸속에서 들려오는 소리로 간을

만드는 태아 신세란 말이냐?)

　5

　날아가던 푸른 닭이 제 몸속에다 알을 낳는다
　푸른 닭은 참을 수 없다 참을 수 없다 운다


　푸른 닭의 이마는 높고 부리는 길어서 푸른 닭의 머
리가 가슴에 파묻힌다
　푸른 닭은 참을 수 없다 참을 수 없다 운다


　푸른 닭은 바다에서 올라온 물고기가 진화하는 세월
을 견디는 것 같다


　생물의 최종적 진화는 발이 사라지는 것
　영원히 걸어 다니지 않아도 되는 것
　먹지 않고 자지 않아도 되는 것


　네 뒤통수의 거대한 구멍 속에서 푸른 닭이 운다
　네 왼쪽 눈꺼풀 안쪽에서 푸른 하늘이 열린다

그렇지만 푸른 닭의 작은 발은 책장마다 묻혀 있고
책장을 넘길 때마다 푸드덕푸드덕 일어나는 거대한
날개!

그리하여 여기는 저 푸른 하늘의 발 없는 시신인가!
그리하여 여기는 네 들숨의 푸르고 영원한 정지인가!

푸른 하늘만큼 크고 푸른 닭!
참을 수 없다. 참을 수 없다!

# 이름
마흔이틀

죽은 애인이 만나자고 한다. 카페에서 만나자고 한다. 화장실에서 만나자고 한다. 병원에서 만나자고 한다. 외국에서 만나자고 한다. 이도저도 안되면 침대에서 만나자고 한다. 잠깐이면 된다고 한다. 피해봤자 소용없다고 한다. 창문 밖으로 나오라고, 잠깐이면 된다고 한다. 얼굴만 보자고 한다.

죽은 애인이 왜 왔냐고 한다. 아직 만날 때가 아니라고 한다. 왔으니 눕기나 하라고 한다. 누웠으니 자라고 한다. 잤으니 나가라고 한다. 신발이나 제대로 신고 가라고 한다. 그렇게 소리 지를 것까진 없다고 한다. 그렇게 넘어질 것까진 없다고 한다. 무릎이 까질 것까진 없다고 한다.

죽은 애인이 너에게 온다. 문을 열지 않았는데도 온다. 가방을 들지 않았는데도 온다. 신발을 신지 않았는데도 온다. 기침을 하지 않았는데도 온다. 살았다면 이렇게 자주 오지는 못하리라. 약속하지 않았는데도 온다. 옷을 입지 않았는데도 온다. 땅에 묻혔는데도 온다.

죽은 애인으로 가득 찬 바닷속을 걸어간다. 애인으로 가득 차 휘몰아치는 바닷속을 걸어간다. 숨을 쉴 수도 없고 숨을 멈출 수도 없는 바닷속을 걸어간다. 태풍이 부는 바닷속을 걸어간다. 비가 내리는 바닷속을 걸어간다. 바다천장, 바다바닥, 바다벽, 바다창문, 광대하게 흔들리는 푸르름 속을 숨 가쁘게 걸어간다. 고개를 돌리는 곳마다 애인 천지인 바닷속을 걸어간다. 바다 밖에선 아무도 못 보지만 바다 밑 수백 미터 고래 두 마리가 피 터지게 싸우고 있다.

죽은 애인이 같이 차 마시자고 한다. 같이 밥 먹자고 한다. 같이 얼굴 씻자고 한다. 같이 놀자고 한다. 꿈속에 같이 놀러 가자고 한다. 점점 악랄해진다. 어떻게 하면 이제 그만 헤어져야 할까 궁리하고 있는데, 애인이 두

눈을 가린 손을 떼더니 이름이 뭐냐고 묻는다. 우리가
언제 만난 적이 있냐고 묻는다.

# 면상
마흔사흘

　소리가 떠난 세계. 만질 수 없는 평평한 세계. 하나의 죽음이 밝아오면 하나의 딱딱한 거울로 변하는 세계. 머나먼 광명의 세계. 거울은 내면이 죽은 사람의 면상처럼 만물이 되비친다. 거울에 한 여자의 형상이 어린다. 너는 이제 발가락도 없는 두 개의 발이 되었다. 너는 이제 손가락도 없는 두 개의 손이 되었다. 눈코입도 없는 얼굴이 되었다. 저 멀고도 가까운 내부, 머리칼 속의 숲, 돌멩이 달에 빛이 들어오고, 신발 속에 바다가 출렁인다. 네 소매 속에 새가 날고, 네 바짓가랑이 속에 말이 운다. 희끄무레 윤곽이 사라지는 여자가, 동그란 거울 속에 갇히는 여자가, 혀가 입속에서 녹는 여자가 차디찬 거울의 매끄러운 가장자리에서 흐느낀다. 보름달이 진다. 여자의 두 눈동자에서 거울이 희번득 희번득 미끈거리고 그

때마다 무겁고 투명한 것이 여자의 얼굴을 밟는다. 볼
수는 있으나 들어갈 수는 없는 딱딱한 표본의 세계, 영사
막처럼 희끄무레하나 주먹이 뭉툭한 세계를. 여자의 희
미한 두 팔이 아직도 휘젓고 있는지.

# 인형

## 마흔나홀

한 인형이 다른 인형이 태워지는 것을 보는데
강 건너편에서 보다가 가까이 가서 보는데
먼저 머리 껍질이 타들어가는 것을 보는데


누가 한 사람을 데려가고
여기 장작더미 위에 그의 인형을 갖다 놓았을까
오늘만 좀 재워주세요 하더니 영원히 일어나지 않는
손님처럼
몸이 다 타도록 그 사람은 돌아오지 않네


누가 먼 옛날 네 어머니의 젖을 폭폭 떠먹었단 말인가
누가 너를 훔쳐가고 네 인형을 유모차에 태워놓았단
말인가

사연도 모르는 뼈를 키워서 학교로 보냈단 말인가

바라나시의 노천 화장터 곁에서 찍은 사진을 들여다
보니

인형인지 사람인지 너인지 나인지 눈물인지 땀인지

노란 이불을 덮고 들것 위에 찌그러져 붙어 있는 것

# 황천
## 마흔닷새

얼굴 없는 망자들이

중환자실 문 열리면 염통주머니, 오줌주머니 들고

달려 나오는 환자들처럼

황혼 길 우루루 달려가는 망자들이

오던 길 돌아보고 추억에 눈 맞추면 돌기둥 되는 망
자들이

자루 속에서 내다보는 눈구멍에 소금물 그렁그렁 담
은 망자들이

눈물이 뼈를 녹여 물기둥 되는 망자들이

너보다 먼저 떠나서 영원히 떠난 망자들이

대망막을 뒤집어쓰고 다시 태어날 순서라고

이제 모국어를 다시 배워야 할 때라고

잠자고 일어나도 네가 없고 아침을 먹어도 네가 없다고

초등학교 1학년 교실 문 열리면 받아쓰기 공책 신발
주머니 들고 쏟아져 나오는 아이들처럼

우루루 산 아래 떠밀려 내려갈 때


헬리콥터 한 대가 1천 명의 죽은 사람 이름을 새긴 4
톤짜리 청동 종을 긴 줄에 매달고

높은 산을 넘어가네요 첩첩산중 숨은 절간에 그 종을
매달아두려고

# 질식

마흔엿새

그리하여 숨

그러자 숨

그다음엔 숨

이어서 숨

그래서 숨

그렇게 숨

그리고 숨

그대로 숨

그러다가 숨

그래서 숨

항상 숨

이윽고 숨

언제나 숨

그런데 숨
그러나 숨
그러므로 숨
그럼에도 불구하고 숨
끝끝내 숨


죽음은 숨 쉬고, 너는 꿈꾸었지만


이제 죽음에게서 인공호흡기를 뗄 시간
이제 꿈을 깰 망치가 필요한 시간

# 심장의 유배

### 마흔이레

누가 네 몸속에서 물을 길어 올리나

누가 네 몸속에서 섹스를 하고 있나

창밖에서 남자와 여자의 구두가
후두둑 후두둑 떨어진다

(넌 알고 있었니?
우리가 흐느끼는 소리로 뭉쳐진 존재라는 걸)

누가 네 속에서 풍금을 치나

누가 네 속의 진흙 속에서 푸들거리나

누가 네 속의 몇 개의 지층 아래서 벌떡벌떡 물을 토
하나

(몇 세기의 지붕을 소리 없이 걸어가던 여자가
임신한 배를 껴안고
잠시 쉬는 테라스
눈물로 만든 렌즈들이 유리창을 쓰다듬고 있네)

# 달 가면

마흔여드레

너는 이제 얼굴을 다 벗었다

하얗고 둥근 달이 동쪽에서 뜬다

동서남북 천 개의 강물에 천 개의 가면이 뜬다

## 마요
마흔아흐레

공중에 떠가는 따스한 입김 하나가 너를 그리워 마요
너보다 먼저 윤회하러 떠난 네 어릴 적 그 입술에 살
랑 닿는 바람이 너를 그리워 마요

무한 창공 떠가는 아파서 죽은 그 겨울 그 여자의 얼
음심장에
가느다란 바늘이 가득 꽂히면서 너를 그리워 마요

떨어진 이파리들이 언 강물 위에 지문을 가득 붙여가
면서

1백 층 2백 층 건물이 일시에 무너져 내리면서

안경은 안경끼리 신발은 신발끼리 입술은 입술끼리
눈썹은 눈썹끼리 발자국은 발자국끼리 커다란 서랍
속으로 쓸려가면서 너를 그리워 마요

80센티미터로 강물이 얼어붙고, 그 위로 탱크가 지
나가고, 그 얼음 밑에서 물고기들이 너를 그리워 마요

담배 가게 앞에 14년째 전봇대에 묶인 개가 너를 그
리워 마요

커다란 바람이 미쳐서 죽은 여자 수천 명을 데리고
날아가는데

네 일생의 '너'들이 웃어젖히는 소리, 쏟아지는 머리칼

겨울 풍경 전체가 울며불며 회초리를 휘두르며 너를
그리워 마요

눈발이 수천 개 수만 개 수억만 개 쏟아지며 너를 그
리워 마요

온 세상에 내려앉아서 울며불며 수런거리며 눈 속에
파묻힌 눈사람 같은 네 몸을 찾지 마요, 예쁘게 접은 편
지를 펴듯 사랑한다 어쩐다 너를 그리워 마요

너는 네가 아니고 내가 바로 너라고 너를 그리워 마요

49일 동안이나 써지지 않는 펜을 들고 적으며 적으
며 너를 그리워 마요

# 시인의 말

아직 죽지 않아서 부끄럽지 않냐고 매년 매달 저 무덤들에서 저 저잣거리에서 질문이 솟아오르는 나라에서, 이토록 억울한 죽음이 수많은 나라에서 시를 쓴다는 것은 죽음을 선취한 자의 목소리일 수밖에 없지 않겠는가. 이 시를 쓰는 동안 무지무지 아팠다. 죽음이 정면에, 뒤통수에, 머릿속에 있었다. 림보에 사는 것처럼 고통 속에서 하루하루가 갔다. 뙤약볕 아래 지구의 여름살이 곤충들처럼 고통스러웠다. 고통만큼 고독한 것이 있을까. 죽음만큼 고독한 것이 있을까. 저 나무는 나를 모른다. 저 돌은 나를 모른다. 저 사람은 나를 모른다. 너도 나를 모른다. 나도 나를 모른다. 나는 죽기 전에 죽고 싶었다.

잠이 들지 않아도 죽음의 세계를 떠도는 몸이 느껴졌

다. 전철에서 어지러워하다가 승강장에서 쓰러진 적이 있었다. 그때 문득 떠올라 나를 내려다본 적이 있었다. 저 여자가 누군가. 가련한 여자. 고독한 여자. 그 경험 다음에 흐느적흐느적 죽음 다음의 시간들을 적었다. 시간 속에 흐느끼는 리듬들을 옮겨 적었다. 죽음 다음의 시간 엔 그 누구도 이름이 없었다. 칠칠은 사십구라고 무심하게 외워지는 것처럼, 구구단을 외우고 나면 아무것도 남지 않는 것처럼 이 시를 쓰고 난 다음 아무것도 남지 않기를 바랐다. 연구년 동안에 이 시들 중 대부분을 적었다. 원치 않는 결혼을 피하기 위해 죽어버린 옛 여자들처럼 죽음을 피하기 위해 죽음을 먼저 죽은 것은 아닐까 생각했다. 시 안의 죽음으로 이곳의 죽음이 타격되기를 바랐다. 이제 죽음을 적었으니, 다시 죽음 따위는 쓰고 싶지 않다. 그렇게 생각하기로 했다.

이 시집(49편의 시)을 한 편의 시로 읽어줬으면 좋겠다.

·

김혜순

# '죽음'이 쓰는 자서전

조재룡

살아 있는 우리는 죽은 자들일지니,

쓰디쓴 죽음에 자신을 내맡기지 마라.

Media vita, ni morte sumus, Amarae morti ne tradas nos.

**발불루스 노트케르**Balbulus Notker

죽음의 미로, 사자死者들의 대해大海, 망자亡者들의 투망. 누군가 그 안으로 들어가야 한다고, 침잠해야 한다고, 온몸으로 받아내야 한다고, 그것은 차라리 산자, 살고 있는 자의 책무라서, 제 하얀 백지로 매일 마주했다면, 그는 필경, 출구 없는 그곳으로 들어가기 이전이나 대해의 심연에 빠지기 전까지, 그렇게 온통 그물을 뒤집어쓰기 직전까지는, 그 누구도 알 수 없으며 알아도 안

되는 죽음에 골몰했던 사람이었을 것이다. 아니다. '골몰'이라는 말은 잘 어울리지 않는다. 그것은 죽음이 꾸는 꿈을 기록해낼, 합당한 말의 형식을 발견하거나 차라리 고안하는 일에 가깝기 때문이다. 돌아 나올 가능성이 전무하다는 사실이 자명한데도 빠져드는 일, 검은 저 바다에 제 언어의 부표를 꽂아보는 일은, 주위에 아무도 없어, 아무도 내딛지 않아, 그 내용과 형식을 누구도 벌써 알지 못하기에, 오로지 실천을 해야만 하는 일, 그렇게 과정으로만 가능한 제 일상의 일이 되어버렸을 것이다. 마침내 그 일을 감행했을 저 자신조차 그 파장과 다가올 사태를 짐작하기 어려운 것은 아니었을까. 밀려오는 공포와 두려움, 참혹과 비극을 감당하며, 몸과 그림자를 함께 부여잡고 지내야 하는 지금-여기의 삶이라고, 그렇게 우리 모두의 순간과 순간이라는, 저 직관이 아니었다면, 불가능했을 실천을 우리는 지금 보고 또 읽으려 한다. 차라리 외로운 일, 외로운 길, 외로운 정념이었을 것이다. 사방이 보이지 않는다. 출구가 없다. 지반이 사라졌다. 허공에 떠 있다. 두 발을 내릴 수가 없다. 입을 놀릴 수가 없다. 공포가 세상을 뒤덮고 있다. 죽임을 당한 존재들과 죽어가는 존재들을 보고, 만지며, 그

안으로 침투하여, 그렇게 돌아든 다음에야, 비로소 모든
것이 조금 환해지는 것이라 해도, 그에게 남겨진 것은
차라리 표현할 수 없는 무형의 실체, 그 덩어리였을 것
이다. 이 덩어리를 기록하는 작업은 참혹한 일, 참혹을
겪어내는 일이었을 것이다. 삶과 죽음이 서로 엉킨 저
실타래가 조금씩 풀려나와 검은 혀를 내밀기 시작하고,
말이 활동할 공간이 이렇게 주어지는 것이었을까. 삶이,
마음이, 사유가, 저 말이, 어지러이 휘어지며 잠시 흐릿
한 이정표 하나가 된 그곳에서, 사방을 분간할 수 없는
컴컴한 자궁, 그 검은 바다에 표식을 하나씩 꽂으며, 한
발 한 발 내딛는 저 발걸음에서, 불투명하고 불확실한
제 그림자를, 그는 자주 매만지기도 했을 것이다. 미지
의 입자들이, 주인을 찾지 못한 살점들이, 사방에 새겨
진 비명들이 일시에 쏟아지듯, 한 번에 무너지듯, 간헐
적으로 서로 모이고 흩어지기를 반복하며, 어느새 글자
가 되고 여백이 되어, 붉은 문장이 되고, 검은 페이지가
되어, 무언가를 잠시 내려놓고 그렇게 내려앉는 매 순간
에, 그는 늘 혼자, 그러니까 첫걸음, 첫 마음, 첫 말, 첫 모
험의 주인이었을 것이다. 죽음의 시를 읽고 또 읽는, 사
라질 듯하다가, 또다시 되살아나, 어느새 내 곁에, 우리

의 곁에, 우리 사회의 한복판에 당도한 죽음의 시간 속
에서, 죽음의 살점들, 죽음의 아우성을 매만지는 지금-
여기, 죽어야 할 수 있는 말이, 죽으려 하는 문장이, 망
자-산 자의 구분을 취하하는 문자가, 너-나의 말, 사자
死者가 된 여인의 절규가, 공동체의 폭력과 공동체의 신
음이, 너-나의 참혹이, 세계를 노크하고, 검은 문을 열어
우리 곁에 사死-생生의 목소리를 피워낼 것이다. 사십구
일, 제문祭文의 항적을 하루하루의 일기처럼 따라간다.

*

하루 : 영원의 그림자가 죽음의 외투를 입고 지하 바
        닥에 나뒹굴고 있다. 스마트한 시대의 죽음은
        영정 사진처럼, 화면 속에서 살아나 기이한 춤
        을 추고 있구나. 비굴한 죽음, 희롱당하는 죽
        음, 그 속으로 들어가야 한다. 차마 외면할 수
        가 없다. 생명이라는 이름의 비참과 삶이라는
        이름의 비극이 어느 여인의 몸에 기필코 제 검
        은 수의를 입혔구나. 죽음의 형식들에 걷잡을
        수 없이 함몰되어, 차라리 살지 않아야만 할 것
        같은 저 보잘것없는 생生을 향해, 이토록 당당

한 일보를 뗀다고 어떻게 믿을 수 있을까?

이틀 : 핏빛으로 얼룩진 삶을 한 장 한 장 넘겨본다. 죽음이 뿌린 하얀 피, 삶이 번져 낸 붉은 피가, 썩어 벽에 얼룩으로 낭자하다. 삶이라는 자격의 너, 너라는 호칭에서 배어 나온 울음이, 사방을 적시고, 벽에서 한없이 흘러내린다. 달력이라는 이름의 공포, 비겁한 눈빛, 부서진 머리칼, 죽음이 제 냄새를 피우며 시곗바늘에 무거운 추를 매달아놓는다.

사흘 : 그렇지요? 안녕하시지요? 죽어라! 인형 같은 년. 너는 말한다. 눈알을 뽑고 머리카락을 뭉텅뭉텅 잘라버리고 몸을 불사르는, 너. 너는, 말한다. 여자라는 이름의 더러운 것들아, 이 잡것들아. 모멸에 열 뜨고, 추악한 얼굴로 비루한 파국을 조장하는구나. 사死를 견디며 축축한 생生을 기어코 살아내는 자는 누구인가. 지금-여기서, 오욕을 딛고 서 있는, 유린의 역사를 지탱해온, 두 다리의 저 꺼지지 않는 불꽃과

그 트임을 보라. 나는, 그러니까, 이렇게 여성이다. 삶의 밖에 있는 사람은 너다.

나홀 : 서로 기대야 한다. 그렇게 그곳으로 들어가야 한다. 풍덩, 뛰어들어야만 한다. 시린 이를 꽉 물어야 한다. 물의 저 방백 속으로 내 전신을 투신해야 한다. 나는 물이다. 너는 물이다. 물이 물에 기대고, 네가 나에게 들어와야만, 조금 흐르는 지금-여기, 이 불멸의 필연을 누가 거짓이라고 함부로 주둥이를 놀리는가?

닷새 : 죽어서 환하게 알 수 있는 세계는 없다. 그러나 늘 그랬듯, 믿음은 부실하고 성실하지 못할 때만 믿음이다. 사실의 틈새를 열어, 그곳에다가 말을 조금씩 밀어 넣어라. 검은 잉크를 찍어, 하얀 종이 위로 빛의 문자를 끌고 와, 하나하나 고통의 정념을 수놓을 때, 우리는 아직 태어나지 않았고, 여전히 죽지 않은, 단 하나의 순간을 기다리게 되리라.

엿새 : 가지 마라. 가거라. 가지 마라. 가거라. 춥다. 몸
　　　이 없어, 물이 되어, 날개를 잃어, 그렇게 형체
　　　를 상실한 저 영혼들, 떠나보낼 수도 위로할 수
　　　도, 차마 보듬을 수도 없다. 끌어안으려 한다.
　　　오로지 그러려 한다. 의지 하나로, 실현되지 않
　　　은, 그러나 실현될 가능성으로만 사유할 수 있
　　　는 죽음은 대관절 무엇인가?

이레 : 죽음이 컹컹 짖어대는 밤, 이름과 표정이 벌써
　　　낯선 타지의 여인들. 광막한 창공에 그들이 슬
　　　픔으로 가득 새겨놓은 불행의 얼룩진 무늬들
　　　이 네 얼굴 위를 저벅거리며 걸어 다니고 있다.

여드레 : 구원은 기만이다. 희망은 고문이다. 태어나
　　　면서부터 사지가 묶여 있는 여성이라는 저 존
　　　재들, 만나기도 전에 이별을 준비하는, 사회의
　　　저 하층에서 착취당해온 존재들, 고아들, 소외
　　　된 사람들, 희생을 빼고는 쓸모없어진 존재들,
　　　항용 남루한 사람들, 먹이사슬의 첫 희생양으
　　　로 살고 또 죽어야 하는 존재들, 일회용 소모품

같은 존재들이 네 눈에는 보이지 않느냐.

아흐레 : 지금-여기에서 형체를 잃은 존재들이 유령
　　　처럼 떠돌고 있는, 이미-거기에 붙잡힌, 버젓
　　　이 있음을 가장한, 그러나 도저히 없는, 오로지
　　　도래할 무엇으로 현실에서 밀려나 유보되고
　　　마는 존재들, 우리들의 자화상.

열흘 : 죽었어도 죽지 않아야 하는 존재들의 망각에
　　　대항하여, 사투를 벌이는 하루하루, 지친 다리
　　　와 불어터진 영혼을, 순장旬葬한 손가락을 탓할
　　　수 없구나.

열하루 : 불덩이 하나가 물 위에서 솟아나, 대지를 밟
　　　고, 저 하늘로 날아간다. 마음의 빈 곳에서 새
　　　어 나오는 죽음의 시간은, 정확히 일몰 이후,
　　　바다에 제 거처를 마련하느라, 허공에서, 그리
　　　고 삶의 바닥에서 지치지 않는 파문波文으로
　　　지금-여기에 너부러지는 데 여념이 없다.

열이틀 : 함부로 슬퍼할 수 없는 일, 표상할 수 없는
　　　　일, 위로가 죄악이 되는 일. 오전의 삶이 되고,
　　　　오후의 기억이 되어, 새벽에 내려앉고, 다시 컴
　　　　컴한 저 밤의 한복판에서, 한없이 촉발하고, 끊
　　　　임없이 물들이며, 망자와 거주하려는 순간과
　　　　순간들. 매일 매일, 축축한 몸 저 깊숙한 곳에
　　　　서 유령의 목소리가 흘러나오고 있다.

열사흘 : 죽음이 출렁이는 바다, 아슬아슬하게 균형
　　　　을 잡고 숱한 사자들과 나란히 걷는 이상한 시
　　　　간, 필연의 순간들. 모래알만큼 작아진, 건조하
　　　　게 비틀거리는 나의 심장이여! 해변에 주저앉
　　　　아, 저 폭발할 것만 같은 핏덩어리들의 숫자를
　　　　하나씩 세어본다.

열나흘 : 썩어가는 신체의 기관器官들이 제각각 흘려
　　　　보내는 무언無言하고 무구無句한 말에 귀 기울
　　　　이고, 혀를 길게 뽑아, 그것들이 흘려보낸 말
　　　　들을 입안 가득 담고 그것들을 샅샅이 핥아나
　　　　간다.

열닷새 : 죽음이 존엄을 잃으니, 몸도 주인을 잃고 만다. 비참과 비극의 보고는 필요하지 않다. 부당과 불의와 불법과 유린에 대한 경고가 빠른 걸음으로 우리의 삶 저 내부로 치고 들어온다.

열엿새 : 하얀 나신이 죽음에 입사하는 순간, 기이한 빛이 짧은 폭발로 허공에 반짝이누나. 삶과 죽음, 육체와 영혼이, 분별없는 입자가 되어 가뭇없이 흩어지는구나. 과거와 현재와 미래가 수직으로, 단 한 순간에 지상 위로 꽂히는 지금-여기는, 불멸을 꿈꾸는 연옥.

열이레 : 무너진 현실, 검은 구멍이 아가리를 벌리고 제 숨을 토해내는 자궁은 둥그런 무덤, 오로지 이미지로 훼손되는 복제의 세계. 생명을 품었던 몸에서 줄줄 죽음이 흘러나온다. 사방이 붉게 번져, 눈물을 흘린다. 그 순간이 눈에 들어오자, 복제되어 죽지 않은, 그래서 다시 죽고 죽임을 당한, 그렇게 무한히 죽어서 마침내 죽지 못하는, 사자死者들의 무덤을 나는 땀을 흘

리며 열심히 파고 있다.

열여드레 : 죽음이 편재한다. 죽음은 편재한다. 떠나
보내지 못한다. 떠나보낼 수 없다. 장미가 되
고, 물이 되고, 타오르는 불길이 되고, 여자가
되고, 음부가 되고, 망치에 달라붙은 여인의 피
묻은 머리칼이 되고, 그 피가 물에 흘러들어 그
물을 먹고 장미로 피어나고, 하늘에 참혹함으
로 새겨지고, 망망대해 저 한복판에 불을 밝힌
채 서서히 가라앉는 배 한 척이 되고, 모든 것
을 훌러덩 삼킨 블랙홀이 되고 마는구나. 내 입
술이 타들어간다.

열아흐레 : 겨울이 왔다. 떠나보내지 못한다. 떠나보
내야 한다. 영影을 붙잡고 영靈을 나누는, 더해
지거나 뺄 수 없는, 유리有離되지 않는 유리를
통과하며 탈색된 미소 하나가 질병처럼 피어
오른다.

스무날 : 그곳에 갈 수 없다. 가야 한다. 갈 수 없다면,

내 삶 속으로, 내 일과와 일과의 자잘한 행렬 위로 끌고 와야만 한다. 갈 수 없는 곳을 지금- 여기에서 체현해내는, 그렇게 너를 떠나보내 지 않는 소통의 전선戰線과 부재의 갑판 위에 서 보내는 불면의 시간들.

스무하루 : 죽지 않고서는 죽음의 냄새를 맡을 수가 없다. 죽음을 겪어내는, 죽음으로 입사立死하는 자만이, 죽은 자들의 존재를 감지하고 견뎌내 고 살아낸다. 죽음이 질병처럼 사방에서 피를 흘리고 있다. 파지破紙를 날리며 죽음이 사방에 서 시시각각 새어 나오고 있다. 범람한다. 검은 피를 뿌리는 썩은 새들이 죽음의 순간을 일시 에 관통하듯 지난다.

스무이틀 : 어서 가거라. 뒤돌아보지 말고 가거라. 남 아 있는 자들이 제 몫을 털어 너를 보낼 수 있 을 때, 어서 가거라.

스무사흘 : 네가 사방에서 녹아내리고 있다. 언제, 어디

서나, 그러나 아무도 보지 못하는 모습으로, 떠
다니는 너를, 둘러싸는 너를, 삿된 말로 혹자들
이 웅얼거릴 뿐인 너는, 존재를 알아채지 못하
는 너는, 잡으려 해도 잡히지 않는 너는, 우리
와 살고 있다, 그럴 거라고 믿는다.

스무나흘 : 주검. 죽지 못하는 죽음. 죽어서도 죽지 못
하는 존재들. 학살 위로 피어난 죽음의 함성들,
그렇게 울음. 더러는 비명. 폭력으로 부릅뜨게
된 저 두 눈알의 광휘. 감지 못하는 두 눈, 목 없
이 울리는 목소리, 기관器官 없이 쩡쩡거리는
통곡. 잠들 수 없는 사자死者는 망자亡者가 아니
다. 까닭을 모른다고 말하는 죽음은 까닭을 모
른다고 말할 수 없는 죽음이었구나. 절차도 이
유도, 증인도 없는, 목격자도 사연도 없는, 은밀
한 죽음이 되어, 죽음으로 가장되어, 오래전부
터 반복된 이 맹목적 믿음과 헛된 희망을 끌어
안는 여기, 달력이 단 한 장도 넘어가지 않는다.

스무닷새 : 살아 있는 죽음의 소리들, 죽어서 살아가

야 하는 사람들의 온몸을 칼로 가르고, 성급히
찢어발기고, 서둘러 지나치려 하는 순간들이
길 위를 황급히 빠져나가는 소리가 들려온다.
빛이 명멸하며 망자의 대로 위에, 검은 구멍을
파고 있다.

스무엿새 : 검은 자서전. 깨지고 멍들어 매번 피를 흘
　　　　리며, 가까스로 펜을 잡은 두 손으로 어두운 심
　　　　연의 조각들을 그러모아 힘겹게 이어 붙인다.
　　　　죽음은 모든 삶의 엄마, 그러니까 너의 기원,
　　　　나의 현재라고 해야 한다.

스무이레 : 분절分節을 허용하지 않는 발화의 순간들
　　　　이, 어제와 오늘을 하나로 비끄러매며, 하얀 설
　　　　탕 가루 위로, 눈부신 설산雪山의 저 언덕에서,
　　　　모음의 조합으로 어기댄 광기의 신음을 흘려
　　　　보내며, 무력無力의 시제 속에 제 발자국을 남
　　　　긴다.

스무여드레 : 정正이 아니다. 반反도 아니다. 합合도 아

니다. 죽음은 삼분三分이나 일치를 허용하지 않

기 때문이다. 죽음은 '이미'와 '여전히' 사이에

서 왕복한다. 이 양자의, 우리 삶 속에서의 울

림이자 운동이다.

스무아흐레 : 나는, 너는, 우리는, 그렇게 엄마를 잘라

먹고 지금까지 잘도 살아왔구나!

서른날 : 죽음은 자명한 진리이자, 삶의 저 끝인가?

그렇다고 해야 한다. 그러나 죽음은 부정하기

어려운 단 하나의 진리이기 이전에, 벌써 사방

을 살아내고 살아간다. 죽음은 시작의 반대, 삶

의 종결이기 전에, 벌써 매일 우리의 몸을 찢으

며 우리의 삶에서 피고 또 지는, 자잘하게, 보

이지 않게, 지나치게끔, 몰래, 공공연히 자라나

는 참혹한 사건들의 구성 요소이기 때문이다.

이 현실의 죽음에게 어떻게 마땅한 제 자리를

돌려줄 수 있을까.

서른하루 : 죽여야 한다. 너의 내면에서 기생하는 억

압의 흔적들을 밖으로 꺼내고, 침묵하고 있던 네 심연을, 너의 죽음을, 너의 죽임을, 그 기원을, 가장 낮은 자리를 봉인한 저 철문을, 무의식과 그 조정자를, 지금-여기로 끌어내어야 한다.

서른이틀 : 믿을 수 없는 죽음, 믿어서는 안 되는 죽음은 세상의 모든 것들을 거짓말로 만들어버리고, 일시에 우리 모두를 거짓말의 주체로 그 생산자로 환원해버린다. 거짓말이 오로지 죽음 자신일 뿐이라 해서, 죽음이 우리의 거짓말을 일시에 바꾸어놓는 것은 아니다.

서른사흘 : 나와 타자가 모두 죽음에 의해, 죽음으로 인해, 서로가 서로에게 흔적을 남기거나 서로가 서로에게 입사하는, 그렇게 삶의 어두운 고랑을 함께 돌아 나오고, 컴컴한 시간의 장벽에 막혀, 피 흘리는 말로, 눈물의 말로, 서로의 감정을 새겨 공유하면서, 이 삶과 저 삶을 드나들려 끊임없이 시도하는 검은 주체의 목소리가

당신의 귓전에 들리는가? 이 시는 애도가 아니다. 우리 안의 괴물을 꺼내, 막막하고 모호하고 소독된 삶을 현행現行하는 죽음, 죽음이 울려내는 목소리의 망각에 대항하고자, 자기를 걸고 너로 향하는, 처절한 실존의 기록이다.

서른나흘 : 부르지 않았는데, 죽음은, 늘 어딘가에서, 내부-외부에서, 지체없이 달려와, 발설하지 못하는 지금-여기의 고함이 되고, 수면을 청할 수 없는 저 미래의 깊은 잠이 되고, 주시할 수 없는 참혹의 빛이 되어, 검은 백지에 하얀 구멍 하나를 뚫는다. 삶은 정확히 이 구멍 속에 기거한다.

서른닷새 : 죽은 자들, 죽어가는 자들이여! 네가 이 땅 위에서 마지막 의식을 수행할 수 있도록 제의를 올려야 하나, 나는 차마 그걸 수가 없네. 땅속에 묻혀도, 사라짐에 제 몸 실어 떠나가지 못하게, 생명이 너를 파먹으며 자라고 있네. 오지五指에서, 눈알에서, 온갖 구멍에서, 사지四肢

에서, 제 싹을 틔우고 있네. 죽음에서 생명이
피어나 죽음의 의식을 거행하려네. 현기증이
봄 햇살을 받아 너를 마중할 채비를 서두르네.
온 천지가 피를 토해내며, 술에 취해, 노래에
취해, 너를 배웅하네.

서른엿새 : 부정의 무한이나 무한한 부정을 통과해서
만, 제 잃어버린 자아를 되찾을 수 있는, 그전
까지, 지워져야 했고 없어져야 했으며, 빼앗겨
야 했고 사라져야 했던 존재들이, 아버지라는
이름을 제 입술 위에 올리며, 고통을 세계의 표
면 위로 끌어낸다.

서른이레 : 알지 못하는 죽음, 알려지지 않은 죽음 덕
분에 비로소 알게 되는 죽음이 있다. 죽음으로
죽음을 살려내는, 아我와 타他의 구분을 취하
하며, 세상을 모두 가슴에 묻어야 가능한 이 행
위는, 타자를 자아로 대신하는, 희생과 같은 것
이 아니다.

서른여드레 : 분절되지 않은, 분별하지 않은, 하나임을 폭력적으로 표상하는 저 강제된 말의 뭉치들 사이로 짓치고 들어가, 포획된 채 신음하고 있는 아이를 구해내야 한다. 아이의 이름과 존재를 또박또박 발음하고 발음하게 하여, 죽은 아이를 하늘 높이 날아가게 해주어야 한다.

서른아흐레 : 죽음이 나를 비추는 거울이라면, 타자를 비추는 나의 거울도 마찬가지로 죽음이라 불러야 한다. 죽음은 내가 들어간 타자의 거울이며, 타자가 들어간 나의 거울이다. 둘이서 죽어, 함께 소리를 내며, 서로의 얼굴을 더듬고, 서로의 몸을 만지는 환각의 무덤가에 도달해, 미칠 수밖에 없었을, 죽음을 상사相思할 수밖에 없는 처절함을 고백하는 순간들.

마흔날 : 죽지 말아야 했을 죽음이 거부되지 않을 때, 죽지 말아야 했을 죽음이 질병으로 참칭될 때, 이름을 상실한 죽음이 기정사실이 되어, 바다 저 깊은 곳에 서서히 가라앉았을 때, 죽지 말아

야 했을 죽음이 죽어야만 할 수 있는 모든 것들을 죄다 끌어안아야 할 때, 죽지 말아야 했을 죽음이 그렇게 죽임당할 공포에 사로잡힐 때, 두 눈을 부릅뜨고 죽음의 편에 서서 밤의 참혹을 정면으로 마주하며 거사를 준비한다. 그 어디에도 영웅적인 죽음은 없다. 죽음이 관조할 수 있는 실사實辭가 아니라, 행위이자 폭력처럼 제 권력을 행사할 때, 때로는 학살의 이름으로, 때로는 기만의 이름으로, 때로는 부당의 탈을 쓰고, 때로는 삶을 욕보이려 할 때, 죽음은 가장 기민하고 영악하고 교활한 행위사가, 동사가 되어 그렇게 진리의 문장을 자청하고 나선다. 공포의 장막 너머로 죽음의 형상을 똑바로 바라보고, 죽음을 온몸으로 부딪쳐야 한다.

마흔하루 : 몸은 죽음이 분할하여 통치하는 개별 기관들의 총체와도 같은 것! 이 몸에서 새어 나오는, 죽음에 기거하여 제 생을 피우는 의식의 약동과 시간의 소스라침, 저 파토스의 기록들! 저 파지破紙의 시름 위에 내려앉은 실존의 흔

적들! 죽음이 몸을 경유해 내지르는 소리로 온 천지가 진동하는 지금−여기의 기이한 시간들! 불완전한 과거의 연속처럼 아마득한 순간들이 긴 울음을 뽑아내는 무형의 영지靈地 위로 온 통 사신死身이 되어 컴컴한 하늘이 우리를, 너를, 나를 급습한다. 공동체가 홀라당 여기에 빠져 허우적거리는 정지의 시간들!

마흔이틀 : 모든 죽음은 그저 아무렇게나 죽은 것이 아니다. 죽음이 느닷없이 들이닥치는 법은 그 어디에도 없다. 비가시의 가시적 출현들. 끊임 없이 되돌아오는 망령들. 자꾸 출몰하는, 그렇게 편재하는 정령들과 환영들. 강박적으로 회귀하여 일상과 질서, 삶을 무시로 물들이고 삶의 골목과 골목을 마구 돌아다니는, 삶에서는 존재하지 않는, 그럼에도 삶을 재편하며 분주히 유동하는 저 유령의 '척후斥候'들. 잊힐 수 없어, 잊을 수 없어, 항시 되돌아오고 또 되돌아와야 하는, 부메랑과도 같은 피의 영혼들. 삶 밖으로 완강하게 밀어내는 데 급급했던, 바닷

속 깊이 매장된 채 머무르고 있는, 그렇게 죽음이 종용을 했던, 망각을 종용하여 다시 한 번 죽음이 되고 말았던 저 잊히려는 이름들을 불러, 한 명 한 명과 대면하고 대화를 나누는 일. 물을 마시고, 마신 물속 깊은 곳을 들여다보며, 물속으로 내려가는 처절한 일을 감행하려는가. 한없이 겉돌아야만 했던 그들이, 나를 찾아오게 수문水門을 열어두는 일, 그들을 만나러 다시 바닷속으로 걸어갈 길을 발견하는 일, 끝나지 않을, 끝이 없을 저 절규를, 아우성을, 함성을, 단말마를 기록하는 일, 처절을 기록할 형식을 고안하는 일을 감행한다. 일상에서 죽음을 추방하려는 지금, 이렇게 죽음이 오히려 침묵의 금기를 해지하고 우리 삶으로 물결처럼 범람하기 시작한다.

마흔사흘 : 죽음은 오로지 이미지의 만물이 되어, 흘러가고, 흘러들고, 고이고, 잠시 머물고, 빠져나가고, 항시 넘친다. 죽음의 만상과 면상을 발화하려는 너는 차라리 네 혀를 녹여야만 했을

것이다.

마흔나흘 : 발가벗겨진 인형이 타고 있다. 타들어가
는 인형의 얼굴에 내 얼굴이 고스란히 포개어
진다. 사지가 따로 노는 인형의 몸이 벌써 내
몸이고 네 몸이다. 내 몸이, 네 몸이 찌그러진
꼭두각시 인형의 저 몸이다. 누가 너-나를 인
형으로 만들었는가?

마흔닷새 : 얼굴을 상실한 망자들이 그러나 도처에
파편처럼, 불현듯, 그러니까 일상적으로 재현
되고 현현한다. 망자들의 실實로 있는$^{存}$ 모습
에, 저 지하의 누런 샘물 가까이에, 너는 네 부
르튼 입술을 맞춘다.

마흔엿새 : 세상의 모든 부사와 접속사만이 붙잡고
있는 저 숨. 당신은 헐떡거리고 있나요? 숨넘
어가나요? 숨을 멈출 수 있나요? 어쩔 수 없이
멈춰야 하는 죽음의 시간을 맞이할 자신이 있
나요? 그래야만 하나요? 왜 그래야만 하는지

당신은 충분히 물어보았나요?

마흔이레 : 울고 있는 것은 오히려 밖이다. 밖의 흐느
　　　낌이 내면을 꺼내 여기에 진열을 한다. 개인 안
　　　에서도 공동체가 있다. 바로 이 개인-공동체
　　　가 타자-주체의 진창과도 같은 저 비극의 텃
　　　밭을 경작해나간다.

마흔여드레 : 달은 가면이다. 저 가면이, 하얗고 둥근
　　　달로 제 얼굴을 참칭한다. 저 달은, 저 가면은,
　　　성숙하지 못한 얼굴, 무능력한 얼굴, 소외된 얼
　　　굴, 유약한 얼굴, 유용성이 제거된 얼굴, 편입
　　　하지 못하는 얼굴, 쉽사리 긍정하지 않는 얼굴,
　　　뒤처진 얼굴, 헐떡거리는 얼굴, 죽음을 머금고
　　　있는 얼굴, 죽임당한 얼굴, 죽어가는 얼굴, 학
　　　대당한 얼굴, 학대하는 얼굴, 시름에 가득한 얼
　　　굴, 실직한 얼굴, 유린당한 얼굴, 강제된 얼굴,
　　　어리석은 얼굴, 바보 같은 얼굴, 그러니까 '잉
　　　여'라는 문신이 가득 새겨진 저 얼굴들을 말끔
　　　히 지워낼 수 있을까?

마흔아흐레 : 부정할 수 없는 부정의 행렬들에서 피
　　　　어난 반어反語의 역습이, 너의 그리움, 너를 향
　　　　한 그리움, 너에게 바칠 수밖에 없는 그리움에
　　　　게, 세상의 모든 상처와 감정과 풍경과, 이 상
　　　　처의, 저 감정의, 모든 풍경의 행위들을 문자로
　　　　붙들어, 장문의 헌사를 보낸다.

*

　죽음을 보고 있는 동시에 알고 있는 주체의 흔적들
은 끔찍하다. 죽음이 또다시 죽임을 당하는 삶이 반복
되고 있다. 죽음은 저절로 울리는 종소리 같은 것이 아
니다. 까닭을 모른다고 말하는 죽음이 까닭을 모른다고
말할 수 없는 것은, 증인도 절차도 없이 발생하는 은밀
한 죽음이 되어 죽음을 사라지게 했던, 아주 오래전부터
이 땅에서 유습되어왔던 맹목적 광기와 터무니없는 믿
음을 그간 너무 자주 끌어안아야 했기 때문이다. 죽음은
마땅히 죽음의 것, 죽음의 권리, 죽음의 사회적 자리에,
제 몸과 영혼을 온전히 돌려주어야 한다. 그렇지 않은
죽음은 치욕스런 죽음이 되어, 결코 죽지 않는다.
　죽음의 옷을 입고, 죽음의 숨을 내쉬고, 죽음의 양식糧

食을 먹으며, 하루하루 검은 영혼들과 그 생존의 형상을 보고하는 순간과 순간들을 제 백지 위에 기록하며 죽음의 고현학을 실천한 자가 있다. 그는 모든 싸움이 죽음에 있고, 죽음으로 인해 착수되고, 죽음으로 인해 패배하며, 죽음 저만치에서 다시 죽음으로 되돌아와 지금-여기의 삶을 간섭하고, 뭉개고, 망치고, 조절하고, 이끌고, 물들이고, 이윽고 커다란 그물처럼 감싸고 있다는 사실을 누구보다 먼저 보았을 것이다. 이 죽음의 기록에서, 너는, 망령이 되어, 법의 집행자가 되어, 아버지가 되어, 어머니가 되어, 여자가 되어, 아이가 되어, 그들을 뚫고 그들의 몸이 되어, 그렇게 나의 정념이 되고 너의 비극이 되어, 타자에게 거류하면서 너와 하나가 되고자 하는 파토스의 화신이 되어, 축축하고 어두운 공동체의 기억과 현실을 더듬어나가려고 한다. 왜 그러는 것인가? 죽음과 죽은 형상에게 제 주권을 돌려주는 일이 좀처럼 이루어지지 않기 때문이다. 망각되고, 은폐되고, 유린되고, 착취될 뿐이다. 우리는 심지어 죽음으로 정치를 하고, 장사를 하는 세계를 살고 있다.

　여성의 이야기가 여성의 이야기인 적이 없었던 것처럼, 아버지-국가-남근이 펼쳐놓은 거대 담론이 폭력이 아닌 적도 없었다. 죽음이 일그러져 고정되지 않고, 관점에 따라 흔들리기도 하며, 제 남루하고도 일천하며 헛헛한 모습을 거울로 자주 비추려는 시도 자체가 벌써 모욕적이며 쓸모없을 뿐 아니라, 사회의 진보와 발전에는 도움이 안 될 것이라 여겨져, 저 수면 아래로 오래도록 가라앉았을 뿐이다. 그리하여, 건강과 안녕, 안전과 복지를 표방하는 저 가면 뒤에서, 죽음은 다시 죽임을 당하고, 필요할 때 불려 나와 정치가들의 세 치 혀 위에서 놀아나거나, 국가 이데올로기의 관철을 위해, 영원히 죽지 못하는, 영구히 박제된 재료가 되어, 도구가 되어, 제 유한한 유용성을 잠시 부여받아 활용을 당한 후, 다시 컴컴한 관 속으로 되돌아가 다시 호명될 시간을 묵묵히 참아낼 뿐이다. 이 땅의 죽음들, 학살들, 처벌들이 거개가 그러했다. 죽음은 이렇게 자주 이장二場에서 이장移葬되며, 이때마다 죽음은 제 형식을 상실하고, 주권을 유린당하고 만다. 국가의 밖에 위치하고 있는 죽음은 영원히 국가의 밖을 떠돌고, 사회의 낙오자처럼 죽음은 사회에 존재하지 않는 곳에 숨어 은폐될 뿐이며, 그러나 언제고 불려 나와 크리넥스처럼 소모될 일회성 이슈를 지어내는 적절한 자료가 될 뿐이다. 그도 아니면, 외부에서 불순물처럼 흘러들어온 이물질처럼, 문밖에, 울타리 저 너머로 내쳐지거나, 곧 쫓아내야 할, 그럼에도 벌써 추방을 당한 잠재적 범죄자가 될 뿐이다. 죽음의 균열과 주름, 죽음의 시름과 비명을 말끔히 제거하는 데 성공한 자들은, 저 죽음의 망망대해, 주검들이 아직 수면 위로 올라오지 못한 붉은 물위를 잘도 걸어 다니며, 저 주검들이 떠돌고 있는 죽음의 미로를 잽싸게 빠져나올 훌륭한 지도를 갖고 있고, 저 죽음의 유령들이 여기를 떠나지 못해 투척하는 불가시의 투망을 아예 없는 것이라고 주장한다. 죽음은 이렇게 매 순간 말끔히 씻기고, 깨끗이 정돈되며, 정육점에 걸려 있는 고기만도 못한, 이 사회와 역사의 가장 강력한 적, 즉시 소독해야 할 병균이 되어버린다.

공동체의 유령이 되어, 지금-여기를 떠도는 죽음의 외투를 입고, 죽음 속에서 제 삶을 살아내는 주체가 될 때, 저 있음과 없음 사이, 지금과 저기 너머로 벌어진 틈을 메우고 봉합해낼 희미한 가능성을 열어보려는 마음이 시인에게 없다고 말하기 어렵다. 그는 그럴 것이라고 믿는다. 차라리 어떤 가능성으로만 존재할 유령이 되어, 망각에 저항하고자 기억에 수시로 구멍을 내고, 그

렇게 해서, 해야 할 것이 무엇인지, 가야 할 곳이 어디인
지를 조심스레 타진하는 일을 김혜순은 우리에게 가능
하다고 알려주었다. 저 망망대해 한복판에서, 자주 하늘
을 올려다보고, 저 아래를 내려다보고, 고개를 바삐 돌
려, 아래와 위, 좌와 우, 앞과 뒤를 살피며, 이윽고 정신
을 온통 잃은 광기에 사로잡혀 그는 컴컴한 심연으로
들어가려 했을 것이다. 우리는 이렇게 보이지 않는 보임
을, 그 순간의 광휘를, 달아나는 울음과 새어 나오는 비
명을 담아낸 목소리의 기록을 여기서 읽는다. 이 기록은
제의나 애도, 위무나 고발이 아니다. 그것은 차라리 '너'
에게 투신하는 말들을 고안하는 일이다. 죽음을 수행하
는, 죽음을 살, 주어가 오로지 '너', 나인 너여야만 한다
고 단단히 다짐을 한 것일까? 너-나의 목소리는 이렇게
섬뜩한 것이 아니라, 슬픈 것이 아니라, 차라리 공포를
자아낸다. '너'는 타자와 나를 한 덩어리로 묶어 기록을
감행할, 나의 내부에서 끌어내, 외부로 이끌어 갈 지금-
여기의 죽음을, 살아내고 기록할 단 하나의 주어이기 때
문이다. 문장의 호흡은 항시 가쁘고, 말은 아주 단단하
고 부지런히 너부러져, 아직 우리가 모르는 절박의 형식
을 처절한 운동처럼 부여잡는 데 전념한다. 이렇게 솟아

오른 사유들이, 점점이 이어져, 서로가 서로에게 회신을 보내는 다차원적·다성적 울림의 문장들, 내용을 함부로 해석할 수 없는, 그러려고 거칠게 요약하고 정리를 하다 보면, 결국 기만으로 가득한 나르시시즘에 빠진다는 사실을 우리에게 정확히 경고하는 글을 그는 실천하였다. 너-나의 기록으로, 죽음과 함께 사는 지금-여기의 우리 삶의 대명사 하나가, 방금 우리를 방문하였다. 죽음이 무거운 추를 달아놓아 멈춰버린 저 시곗바늘을 이제부터 우리는 어떻게 다시 나아가게 할 수 있을까?

김혜순 시인
저서 목록

- 시집
『또 다른 별에서』, 문학과지성사, 1981
『아버지가 세운 허수아비』, 문학과지성사, 1985
『어느 별의 지옥』, 청하, 1988 [신판: 문학동네, 1997 / 문학과지성사, 2017]
『우리들의 음화』, 문학과지성사, 1990
『나의 우파니샤드, 서울』, 문학과지성사, 1994
『불쌍한 사랑 기계』, 문학과지성사, 1997
『달력 공장 공장장님 보세요』, 문학과지성사, 2001
『한 잔의 붉은 거울』, 문학과지성사, 2004
『당신의 첫』, 문학과지성사, 2008
『슬픔치약 거울크림』, 문학과지성사, 2011
『피어라 돼지』, 문학과지성사, 2016
『날개 환상통』, 문학과지성사, 2019
『지구가 죽으면 달은 누굴 돌지?』, 문학과지성사, 2022

- 시산문집
『않아는 이렇게 말했다』, 문학동네, 2016
『여자짐승아시아하기』, 문학과지성사, 2019

- 시론집
『여성이 글을 쓴다는 것은』, 문학동네, 2002
『여성, 시하다』, 문학과지성사, 2017
『김혜순의 말: 글쓰기의 경이』, 마음산책, 2023

죽음의 자서전
김혜순 시집

**초판 1쇄 발행**    2016년 5월 24일
**초판 6쇄 발행**    2024년 4월 15일

**발행인**    이인성
**발행처**    사단법인 문학실험실
**등록일**    2015년 5월 14일
**등록번호**    제300-2015-85호

**주소**    서울시 종로구 혜화로 47 한려빌딩 302호
**전화**    02-765-9682
**팩스**    02-766-9682
**전자우편**    munhak@silhum.or.kr
**홈페이지**    www.silhum.or.kr

**디자인**    김은희
**인쇄**    아르텍

ⓒ김혜순
ISBN 979-11-956227-1-9 (03810)
값 10,000원